就这样，也很好

绿茶 著

山东城市出版传媒集团·济南出版社

图书在版编目（ＣＩＰ）数据

就这样,也很好/绿茶著.—济南:济南出版社,
2020.7
（"小美好"系列）
ISBN 978 - 7 - 5488 - 4225 - 5

Ⅰ.①就…　Ⅱ.①绿…　Ⅲ.①散文集—中国—当代
Ⅳ.①I267

中国版本图书馆 CIP 数据核字（2020）第 122703 号

"小美好"系列

就这样,也很好　绿茶 著

出 版 人　崔　　刚
图书策划　郑　敏　谭　飞　赵凌云
责任编辑　郑　敏
装帧设计　张　倩
出版发行　济南出版社
地　　址　山东省济南市二环南路 1 号（250002）
电　　话　（0531）86131730
网　　址　www.jnpub.com
经　　销　各地新华书店
印　　刷　山东省东营市新华印刷厂
版　　次　2020 年 7 月第 1 版
印　　次　2020 年 7 月第 1 次印刷
成品尺寸　148 毫米×210 毫米　32 开
印　　张　5.5
字　　数　130 千
印　　数　1— 4000
定　　价　36.00 元

法律维权　0531 -82600329
（济南版图书,如有印装错误,可随时调换）

| 序言 |

绿茶姐姐的新作要出版，让我写个序言。

很多年前，绿茶是我的编辑，我是她的作者；后来，她是我的领导，我是她手把手带的职场新人；现在，她是我的作者、我的老朋友，我是她的编辑。

十多年前，我还在读大学，临近毕业，闲暇时写点儿小故事，照着杂志上的邮箱投稿。绿茶是第一个回复我的编辑。当时我写稿必然有很多不足，但她给予我很多鼓励，表示稿子虽未采用，但可圈可点之处颇多，请再接再厉。

我大受鼓舞，马上又写若干，然后顺利地过稿。在大学毕业后工作不稳定的几个月里，我就靠着这些稿费，勉强撑过了最狼狈的那段日子。

春节的时候，我还在想该何去何从，接到一个电话，来电人正是绿茶。

她说杂志社有位编辑年前离职，目前缺一位编辑，问我有没有兴趣来上班。

我毫不犹豫，满口答应："来！"

我大学学的英语，毕业后做过一段时间的外贸工作，可是根本不喜欢。但自己喜欢什么，能做什么，当时十分茫然。

是绿茶给了我一个机会，让我踏入编辑行列，找到了我最喜欢的职业。

杂志是月刊，面向20至30岁的都市女性。作为"菜鸟"编辑，我每天要做的事情就是学着找作家约稿子，然后编稿子，在绿茶的指导下，写杂志每月固定的一些专栏。

绿茶主持的一个专栏很有趣，就是每期杂志发4篇专栏稿件。这专栏稿分别是关于衣、食、住、行的爱情小故事，每篇1000字左右。

别看这专栏稿短小，这个专栏的稿件通常都是这一期杂志里最值得大家看的，主要原因是，绿茶当年都找名家来写这个专栏，发稿率很高的作家里，有连谏、叶倾城、艾小羊等名家。我属于补空缺的，比如到了截稿日，哪位作家拖稿，我就紧急顶上，缺哪一个栏目就写哪一个。我对这样的栏目心里是发怵的，因为越是短小的文章，要想写出彩，对作者的写作水平要求越高。

因为心里胆怯，绿茶就教我写稿要诀，并给我规划思路。早期几篇她连题材都给我想好了，我只要写出来就行。

随着时间流逝，我写稿水平提高，质量相对稳定以后，绿茶就让我固定成了其中一个栏目的撰稿人。

很快，我的文章被《青年文摘》《意林》等杂志转载，这对当时刚起步的我来说是极大的鼓励，我也慢慢开始有了自信。

当年同事沈嘉柯和绿茶都曾教我写稿、编稿，绿茶作为招我进公司的人，大概认为自己对我责无旁贷，有带我的责任和义务。

但有职场经验的人知道，并不是这样，那些带领你、无条件关心帮助你的同事，你并不会总遇到。

他们把你当朋友、当家人，是他们本身足够温暖，才会给予你这么多同事以外的情分。

工作多年以后，我才明白自己当年有多幸运。

我更不知道的是，温暖如春、人淡如菊的绿茶，当时正经历着什么。

工作两年后，我因为感情遭受重大挫折，每天睁眼就哭，持续了半年，到了无法正常上班的地步。我每天迟到，总编知道我正在经历的事，容忍了我一段时间，可是我沉浸在自己的情绪中无力自拔，变得易怒，又极为尖锐，任何事都往坏处想，连同事的关心对我来说都成了负担。我无法控制自己的情绪，怼过绿茶，怼过总编，怼过所有对我好的人。最后，总编直接问我："还想不想干了？"

爱情都没了，世界都黑了，人生还有什么？我何必再为一点儿工作委曲求全？

不干了！

我疏远了所有人，辞职在家。可是辞职也无用，辞职的几个月时间里，我如行尸走肉，就像陷入黑夜，陷入泥潭，自己绝望得无力自拔，却不知道能怎么办。

绿茶约我出来，叫我重新回来上班。

那一天中午，她请我吃饭，然后带我去杂志社对面的东湖散步。她说："你还年轻，人生还有很长的路要走。等过十年，你再回头看，你会发现现在的一切，都只是人生中很小的一个片段。你甚至有可能会感恩这一段经历，因为它会成就更好的你。"

如今回头看，我才能体会这句话，那是经历了懂得了之后，才会有的境界。可当时我的直接反应是，这种鸡汤对我有什么用？

我浑身是刺，恨不得与世界为敌。

绿茶见我仍然执迷不悟，才对我讲了她的经历。

然后我才知道，她离婚了，在带我入职的时候，在教我写稿、教我与作者沟通的时候，她正在经历人生中最大的挫折。

我一时惊呆了。

绿茶年长我十岁，当时在我眼里，她是人生赢家。她性情温和，不争不抢，可是事业、家庭、孩子一点儿也没耽误。我没想到，她也遇到了自己的劫，但她不声张，不抓狂，只是在平静内敛中默默渡劫。

我自问论学历，论长相，论才学修养，论为人处世，样样不如绿茶，如果连她这样为家庭奉献与牺牲的好女人都管不住爱情的去留，爱情还有什么值得人期待、值得人信任的？

我第一次静下心来，向她请教："爱情失去以后，人生还能怎么办?"

她说:"我也不知道。总之过好每一天。"

"如何过好每一天?"

"多想我拥有的,少想我失去的。"

我没想到,她居然替对方说话。"他忠于他自己,这是人的本能,我再怎么不甘心,面对人性,去较劲,也较不过。"

看绿茶云淡风轻说着过往,我想起自己这一年来每一个痛不欲生的夜晚。

如果不是经历过更黑更冷的夜,她不可能修炼成如今这样淡然自在。

那天晚上,我大哭一场,那也是我失恋一年以来最后一次彻夜痛哭。

然后,我回去上班了。

两年后,我重新鼓起勇气恋爱,并走进了婚姻。

因为结婚,我离开了武汉,到了北京。

时间一晃就过了好几年。

这几年,我跟绿茶总共也只见过四五次,要么她到北京来,要么我回武汉去,总归是距离太远,每次简单聚会,来去匆匆,可是会时不时在 QQ 上、在微信上问问对方近况,我有什么事,也总会向她请教。

绿茶这几年越发人如其名,过得自在而平和。

我见过一些禅修的人,他们的平和是出世的。绿茶不一样,她的平和就像是时间泡出的一杯茶,温度适宜,有淡淡芬芳,却又有人间烟火的味道。

她开了一个公众号，茶语微笑，粉丝寥寥，她也随缘，随兴更新，乐此不疲。茶是绿茶的茶，微笑，是她女儿的名字。这里面写的文字，都是她日常生活中的琐事、感想，配上自己和女儿画的画，恰如其名。

我跟老友沈嘉柯偶尔聊起我们这一群当年的老伙计，不约而同地羡慕绿茶如今活得自在通透。因为她心态好，有所坚持，却不固执，随遇而安，却不会随波逐流，所以由内而外地平和豁达，让所有与她相处的人都觉得舒服自在。

她种花种草，品味物质之美，但不耽溺于此，知足常乐。

她每一天的生活，不慌不忙，不急不躁，如同淡淡绿茶，散发淡淡清香。

她说，就这样，也很好。

她让我写序言的今天，离当初她劝我再过十年回头看的日子，正好十年。

这十年里，我去过大江南北，看过很多美丽的风景，吃过很多好吃的菜，见过很多有趣的人，做着喜欢的工作，再没有为小事而长夜痛哭。当我回头看，发现正如绿茶所说，天地缓缓，浮生冉冉，就这样，也很好。

谭飞

（作家，湖北作协会员，图书策划人）

|目录|

壹　如此珍贵,如此美好

贰 我的生命里住过一个你

叁　我所看到的生活

肆 藏着岁月，亦藏有珍珠

壹

如此珍贵，如此美好

今天的菜儿好哟

中午11点，顶着太阳办完事，本想赶紧回家，突然想起家里已经空空如也的冰箱，决定先去菜市场。

先去了那个东南角的菜摊，比较喜欢买这一家的菜。他家卖的都是自己家田里种的菜，虽然放得散散乱乱的，品种也不固定，但是，就透着那么一种我当天收什么就卖什么的傲娇。

初夏的时候，他家的菜摊边上甚至还有一袋子栀子花在卖，老板说，都是从自己家花树上摘下来的。

那栀子花真的比天桥上的那种批发来再卖的要白，要新鲜，而且，便宜。

所以，我挺喜欢到他家去买东西的。

今天，我想买的秋葵没有看到，但是看到有一些瓜，白瓜，香瓜，小小的，沾有一点儿泥巴，外形并不好看。问价，1块5一斤。

我拿起两个，问老板："这种瓜是脐大的好吃还是脐小的好吃？"

"你放心，都好吃。"

然后，他帮我从瓜堆中挑出一个白瓜来，放到自己鼻子底下闻一闻，说："嗯，这个好，真香。"然后，又帮我拣了一个香瓜，仔细端详，说："这个也好。"

四个瓜，4块钱。

加一把苕尖，5块钱。

都装在一个袋子里，离开时，很满足。

虽然在超市购物很方便，而且那里的菜品价格稳定、透明，有的时候也打折，但我买菜还是喜欢去菜市场。

无他，可以接触最鲜活的人和物。

这里的菜通常比超市的新鲜，没有过度包装，码得整整齐齐，摊主时不时洒点儿水，给它们保鲜养颜。

那些卖菜的人，也各有特点，同一个菜市场去过几次，对卖菜的人就略有了解，然后，有的菜摊会成为你固定购买的摊档。有的菜摊，你可能一年都不会在那里买一次菜。

这个选择的过程，微妙，但自有道理。

套用一句流行语：主要看气质。

成天拉着脸的，夫妻吵架的，态度生硬的，眉眼精明的，自觉绕行。

如果是一边卖菜一边跟顾客调侃两句的；

夸自己家的菜好，而且那菜是真的好的；

算账时毫不犹豫地抹掉零头的；

能主动给你一个大袋子并帮你把之前所买的菜装到那个大袋子里的；

……

我会下次再来。

最重要的是，我希望卖菜的人喜欢他自己卖的菜。

记得有一天在菜市场买菜，经过一个卖青菜的摊，上面码着红红的苋菜，在摊档边上还有一筐子苋菜。

老板一边整理手边的菜，一边在嘴里念叨："今天的苋菜几好（方言，非常好）哟，我都舍不得卖。"

声音不大，不是吆喝式的招徕。

但也不小，经过他身边的人都可以听到。

而且听得出，他是由衷地觉得今天的苋菜好。

看一眼就知道，那菜确实新鲜、水嫩。

好吧，我笑着拿了一把苋菜，过秤，付款。

喜欢这种卖东西的人对自己所卖之物的欣赏与自信，卖瓜的说瓜甜，卖菜的说菜好。这会勾起人们的购买欲望。

提着一袋子菜出了菜市场，过了天桥，看到那家水果店，摆在门口的各色水果，分别写着水果名称以及价格。

一种深紫色葡萄的前面，纸牌上写着"夏黑真的很好吃"。

我就笑了。

可是，今天买了四个瓜，不想再买水果了，下次，我再来买这种"很好吃"的夏黑吧。

一瞥之下，看到他家另一种水果上也插着一个牌子，上面写着"××味道不错"。

这家店能坚持开三年，老板是用了心的。

回到家，我把那个老板拿到鼻子底下闻过的瓜从袋子里拿出来，洗净，削去瓜皮，一剖为二，将瓤里的籽剔掉，然后咬了一口。

呀，真的很好吃，脆脆甜甜的，水分又足，竟然有儿时吃过的瓜的味道。

毕竟这是老板亲手为我挑选的瓜啊。

这几天手机上有关无人超市的信息在刷屏，据说 AI 技术将带来购物模式的革新。

好吧，也许会有这么一天。

但我喜欢的，还是这人声鼎沸的菜市场里，人与人之间的简短交接。一单一单虽然琐碎，但是带那么一点儿温度，一点儿手感，一点儿声响，或许，有那么一点儿故事。

下次，我要去买夏黑了。

其实，光这个名字就很吸引我呢。

美好的事物都来之不易

生日那天，女儿在微信上发给我几张照片，都是开满了鲜花的阳台。

她问我："喜欢不喜欢？"

我说："当然喜欢，这么美。"

她说："我用这个灵感给你做一套首饰，作为送你的生日礼物。"

"啊？太好了！"

于是，我开始了漫长而甜蜜的等待。

女儿给我发来了设计草图。

然后，说她在建模，在买材料，在挑选加工的店家。

再然后，她在做 3D 打印，喷蜡，雕蜡……

这些我都不懂，但是有万能的百度啊。于是我就用百度去了解相关知识，让自己跟得上女儿的步伐。

这是一个曲折的过程，手镯铸坏一次，从顺义到望京之间白跑了一趟之后，她心情忐忑，以至在重铸要出结果的前一天晚上，还给我发微信：老妈今天帮我祈祷一下，我的胸针和手镯能够成功铸出来，明天下午能取到吧。

不过，这一次，还是失败了。

第二天，她发来一串哭泣的表情。

……

从设计到出成品，有一条漫长、曲折的路，会出现各种各样的问题。

我安慰她：没关系，这很正常，我等着。

同时告诉她，要成为一个优秀的设计师，首先要有良好的心理素质，时刻准备面对各种不尽如人意的情况。因为一件作品，不仅仅是画设计稿那么简单，还得考虑工艺，还得假手于他人，与他人合作。有些事是自己可以掌控的，有些则要靠良好的沟通以及运气。

我给她讲了当年我们杂志社的美编，一个秀秀气气的女孩子，为了看封面打样效果，从武昌东的小何村出发，穿越武昌，到汉口西的古田四路那边的省新华印刷厂。中间转车三四趟，去一趟至少花半天时间，辛苦不说，还有同事因不理解，说她在外面玩，她委屈得不行。

孩子学了设计，参加工作后，同样将面对这些——同事的不理解，客户层出不穷的要求，老板要求控制成本，等等。

现在，她只是在热身阶段。

我给她讲同事的故事，也是为她未来的职业之路做一做心理建设。

一点儿一点儿地，作品都铸造完毕。

其中手镯因为建模时的一个失误，镯体上出现了一排圆形的小窝，她就自己在工作室里一点点儿补上。

然后，她开始打磨。

这样的打磨，如果在外面做，一件得一百多，她为了节省成本，自己做。

换不同型号的砂纸，一点点儿地打磨。好几次她都说，胳膊和手都不是自己的了。

终于，她发给我几张照片。

终于，她完成了自己学生阶段的第一套银饰作品。

她还手工拗出几朵小花，做成带着小花朵的别针、耳钉。别针可以扣在手镯和胸针上，顿时变简约为繁复，还可以单独作为别针佩饰。

从上月初她发我阳台图片开始，到现在，历时二十八天。

这对她，是一次完整的设计与制作过程。

对我，则是从期待到满足的过程。

我真的很喜欢。

看到那些美丽的耳钉，作为一个没有打耳洞的人，现在，我在想，要不要去打耳洞呢？

诗人在夏夜失眠

天气太热，改成晚上去游泳，去时天色尚明，归家时便已夜色深深了。

特别喜欢出游泳馆后的那一段路，路的一边是大学新校区的待开发地块，城中难得一见的空旷之地，长满了野草；另一边是树林。有习惯了晚间出来锻炼的人们，或骑车，或跑步，或走路，运动的人们总会让这世界充满生机。

每次走这一段路，我一定会摇下车窗，听窗外的声音。

树上有蝉鸣，草地里有虫鸣。蝉鸣如射出的箭，直直的，毫无风情。虫鸣则温柔许多。尤其爱听金铃子的声音，如细长的抛物线，且银光闪闪。加上一些不知名的小虫的声音，以及远处的车声人声，一起交汇成夏夜的合奏。

夜风和暖，相比于白天的炽热，已算得上是温柔。

我很想停下车，在这里走一走，吹吹风，看看天上的星星。

最终还是径直驱车回家了。

但我知道，天上一定有星星，它们在，一直都在。

四季之中，夏夜最美。虽然有蚊虫，有燠热，但更有蜻蜓、流萤、虫鸣、西瓜、荷香、轻罗小扇。

夏夜是吸引人走出去的夜。

夏夜是容易失眠的夜。

尤其是诗人。

诗人们在夏夜失眠，辗转反侧，写下与此相关的文字。

读到日本近代诗人和泉式部的短诗——

心里怀念着人，

见了泽上的萤火，

也疑是从自己身体出来的梦游的魂。

这真是一首妙极了的诗。诗人与所爱，相隔千里。

不见斯人，但那明灭之萤，如同心中念想。

真的很美。

只是，现在城里的人似乎很难见到萤火虫了。

也读到柏拉图的短诗——

你看着星吗，我的星星？

我愿为天空，得以无数的眼看你。

简短几行，却有着奇幻的想象、深沉的情感。

朴素而美的句子，这就是诗。

时空迭变，可有永恒之物？

除了星星，似乎也只有爱了——很抽象的爱，作为概念的爱。

还有这一首小诗——

夏日之夜

有如苦竹

竹细节密

顷刻之间

随即天明

这是早年周作人翻译的一首日文诗，原作者是谁已无从得知，但以苦竹喻夏夜，真的是绝妙啊。

绝妙之至。

让我也在夏夜失眠吧，读读这样的诗。

一张纸

那天的调解节目，来的当事人是一对白发夫妻，他们之间的故事比电视剧还要复杂、悲情。

老太太讲到伤心往事，涕泪滂沱。我走过去递给她一张纸巾。

后来，坐在我身边的评论员告诉大家他所观察到的一个细节，老太太在用那张纸巾时是将它撕成两半再用，由此小细节可看出她在生活中是多么节约。

这时老先生马上附和："是的，她这一生都是如此，吃苦耐劳，勤俭节约，从来舍不得对自己好。"

心里有些酸酸的，看着老太太满头的白发、哀怨的神情，以及明显行动不便的双腿，一生的隐忍全都写在她开始苍老衰退的身体上。

只用半张纸巾，不过是她不经意间的流露。

看到一篇文章，讲宋朝书画家米芾，学书三年不成，虽然坚持苦练，但成果甚微。

　　一位秀才路过他家，米芾听说秀才写得一手好字，便向秀才请教。秀才说："你跟我学字可以，但得买我的纸，五两银子一张。"

　　这是天价，但米芾咬牙买下。秀才让他在此纸上练字，三天后来看结果。

　　米芾对纸端详，不敢下笔，如此贵的纸，岂敢轻易落墨。

　　三天后，秀才来，看米芾坐在纸前，一字未写。于是走过去，故作惊讶地问他："你怎么还没写？"

　　米芾说："我怕废纸。"

　　秀才哈哈大笑，说："既然你已琢磨三天，不妨写一字看看。"

　　米芾遂写一字。秀才看后，大赞。

　　米芾自己也觉得比之前进步很多，又惊又喜。

　　只因纸贵，不敢像以前那样信笔写来。用心琢磨之后所写的字，果然好过提笔就写的草就。

　　一张昂贵的纸，竟然也是半个老师。

　　同样是纸，张晓风女士在她的《一张纸上，如果写的是我的文章》中提及一件多年前的事：家族长辈过生日，把家藏的宣纸拿出来，找人画画写字，准备在生日宴上挂在家中。画已快画好时，一位行家过来看了看，淡淡道一句："可惜了，这纸，如果不画，比画了更值钱。"

这纸是长辈当年从大陆带过去的，珍藏多年，早已绝版。

这位行家懂得造纸的艺术，所以才有此言。

为此，张晓风对自己的文字戒慎恐惧，最后落笔："如果一张纸没有因为我写出的文字而芬芳，如果一双眼没有因读过我的句子而闪烁生辉——写作，岂不是一项多余？"

好吧，我承认自己就是天马行空，从一张老妪拭泪的纸巾，写到了文人墨客对于纸与字的态度。

前者是生存维艰，后者则是创作者的谨慎自重。

似乎风马牛不相及，但是，就是这么巧，它们在同一天——来到我的眼前，让我看到，让我沉思，让我写下它们的故事。

它们同样都是纸，只是功能不同罢了，拭泪，写字，著书。每个人对待纸的态度，其实就是他们对待生活的态度，著书立说的态度，处世做人的态度。

目光对视

有一天，好友问我："绿茶，你是从哪一刻开始感到老的？"

我想了想，说："当我和女儿一起走在路上，迎面而来的人都看我的女儿而不看我的时候。"

好友笑。

我也笑。

曾经的我是多么不喜被人看到，尤其年轻时，希望自己如一滴水汇入河流，在人群中做最不起眼的那一个。对于那时的我，没有存在感反而是无比自适的存在。

可是现在，我竟然开始为别人的目光旁视而感到失落。我由躲避别人的目光，变为可以坦然接受。如果能从别人的眼中看到对自己的欣赏，我会心生欢喜。

这是我的成长、自信所带来的成熟，而成熟，通常也意味着老的开始。

某晚，和女儿在一家新开张的店等菜上桌，坐在我斜对面的一对父女已经开始在吃，那个小女孩儿吃得无比开心，并且专注，她一边大口大口地吃，一边眼睛还盯着锅里的菜。

我好喜欢。

我对女儿说："你看你身后的那个小妹妹，看她吃饭的样子就觉得享受。"

女儿看了一眼，然后转过头来，见我还在看人家，用手在我面前挥了挥，说："好了啦，被人发现你在盯着人家看是不礼貌的。"

我赶紧收回了目光。

看着对面的女儿，我笑着说："那我现在开始看你啦，反正菜还没有上来。"

她笑了，说："讨厌。"

曾几何时，她还是一个小婴儿的时候，我是可以长久地凝视她的，而她也喜悦地看着我。

那时候，她还不会说"讨厌"两个字，我还拥有长时间凝视她的特权。

法国结构主义文艺理论家托多洛夫曾经有一段文字写到，小孩子试图抓住他母亲的目光，不光是为了母亲喂他东西吃或者哄他，更是他经由母亲的眼神而肯定了他自己的存在。所以，父母和孩子会长时间地互相凝视对方的眼睛，而这在成年人之间是罕见的，是有所顾忌的。

据说，超过 10 秒钟的对视意味着两件事情：两个人将要开始斗殴，或者开始亲吻。

对视，是深度相处的开始。

而斗殴和亲吻，是深度相处的两极——极恨，或者，深爱。

在乎的人会驻足，
不在乎的人径直走过

好像不止我一个人注意到了小区门口的那块水泥地上的别致之处。

一个小女孩儿，两三岁的样子，正站在那块水泥地上，低头看。

"这个东西是什么呀？"她指着地上的东西，给她的爷爷看。

"这是贝壳。"爷爷的回答很简单。

贝壳？不仅仅只有贝壳。我在心里说，然后快步出了小区的门。

当我回头看时，小女孩儿已经蹲下来，更近地盯着那一小块水泥地。

我知道，小女孩儿会就水泥地上的那些亮晶晶的东西和爷爷再讨论一阵子。

喜欢这样的好奇宝宝。

我所住的小区是个老小区，小区这里或那里不时地需要修缮一下。一个多月前，门口的这块地面因为破损而重新铺了水泥。然后有一天，当我经过它时，发现它有些与众不同。

见过太多千篇一律的灰色水泥地，是否平整光滑是判断它好坏的唯一标准。但是，这块地面不一样，并不那么平整，也不那么光滑，里面竟然镶了些玻璃片之类的亮晶晶的小东西。

但是，很有趣。

这些花玻璃不知来自哪里，也许就在和水泥的沙子里，也许是泥瓦匠从某个地方捡来的。泥工师傅很用心地把它们进行了一番摆设，让它们光滑的、美丽的一面朝上，于是，就有了这一小块与众不同的镶着花玻璃和贝壳的水泥地。

挺喜欢这样的匠心。

就因为那么一点儿用心，让这个地方与众不同。它不仅仅是路，更是让人感到惊喜和有趣的地方。

我相信，肯定不止我和这个小女孩儿注意到了这样的细节，只不过，别人注意到了，但走过去，装作没有看到而已。

有的时候，我们用匆忙行走、无暇他顾、凡事不惊讶、不再有追问的兴趣作为成熟的标准，而我的内在可能还装着一个凡事惊讶、凡事好奇的小女孩儿。

所以，我会为这片水泥地低头、欣赏、思考，甚至写下这段文字。

所以，当我去了海边，我会捡各种贝壳、石头，然后带回家。

我最得意的拾来之物，是在厦门的胡里炮台边的海滩上拾得的一片瓷片，小小的一片，却仍然完整地保留了一幅画面：松梅之下，抚琴之人。

当时这瓷片斜斜地躺在海滩上，露出一点儿角。我把它从细沙中掏出来，然后，就看到这样的一幅画。虽是偶得之物，但怦然心动。

带它回家，把玩良久，想着如何安置它。可惜它是一个倒三角构图，如果是正的，正好可以做成一个项链吊坠呢。

看着它，常常忍不住地想，当年是何人所绘？它曾到过哪一户人家？它盛放的是粗粮杂食还是珍馐美味？是什么人失手将它摔碎？它又怎么到了大海里？它在时光中存在了多少年？它可曾与深埋它的泥沙交换过各自的身世与秘密？怎么偏偏就在那天，风大浪疾，把它推出来一点点儿，而阳光又那么好，让它的一角釉面刹那璀璨，而恰好我经过，被它耀到眼，能从它的画面里读出一段故事……

所有的相遇都是久别重逢。

其实同样的剧情推理，可以用在眼前的这些水泥地上的玻璃碎片上，它们晶莹、美丽、破碎、不屈，像所有有故事的人。

物以类聚，人以群分，说的是趋同与恒常。

世间好物不长久，彩云易散，琉璃易碎，说的是不可测。

跳出前者的框定，坠入后者的无常，把人和物打散，让物和人产生分离、交集、聚合，则有难以言说的玄机、天谕。

最终，在乎的人会驻足，不在乎的人径直走过。

人和物、人和人的缘分，大抵如此。

所有的收藏都有故事

收藏是可以让人上瘾的，因为喜欢而欲罢不能，于是上穷碧落下黄泉。看到心爱的那一款，眼睛一亮，心里"啊"了一声，不收之于囊中不罢休。

一开始大都珍藏于室，秘不外宣，锦衣夜行，但某一天心瘾难捺，示之于人，并与人大讲他和收藏品之间的故事。

女儿上高一时，突然对三毛感兴趣，我也帮她买了几本三毛的书，而那本《我的宝贝》深得我心。

那些古朴的项链、大拙大美的石雕、沧桑的铜壶、神秘的陨石、美丽的挂毯，并不是以很贵的价格得来的，有的甚至是陌生人的慷慨赠予。但是，每件收藏品和三毛的相遇都是有故事的，那些神奇的故事让那些藏品大放异彩，因此成为独一无二的宝贝。

宝贝与三毛的相遇，是互相的成全。三毛的生命因宝贝而丰富、传奇、神秘，那些宝贝也因三毛而得以流传于世，不被湮没。这些宝贝遇到三毛是它们的福气，它们的形貌、样式、身世，通过三毛的书写而传播开来，成为一段段佳话。

我喜欢这样的收藏。

在每一件藏品的后面，都有一个故事。我喜欢这些故事，甚至胜过这些藏品。这些故事，是机缘巧合所馈赠给我们的珠宝，这珠宝装在藏品这个华美的盒子里。

所以，如果你有自己的收藏，请一定把你和它的故事讲出来。

我有一对老银手镯，沉甸甸的，很有质感，上面有纤细的花纹，非常美丽，这是我的母亲传给我的。

母亲是从她的婆婆，即我的奶奶手中得到这对手镯的，至于我的奶奶又是怎么得到这对手镯的，我已经无从考证。

我喜欢这手镯，它是我的最爱，也是我所有首饰中最有纪念意义的一件。它在几代女人的手上戴过，伴随着她们日常的浆洗缝补、养儿育女，时光流逝，它依然那么锃亮，那么圆润，那么美好。

以后，我会将这手镯传给我的女儿。

其实，女儿早已有她自己的收藏，从最早的宠物小精灵玩具，到后来的《火影》漫画书与卡片，还有同学间互赠的生日卡，等等。

　　有一天，她得到一枚纪念抗美援朝的和平徽章，她的爷爷是当年参加过那场战争的老志愿军。这枚小小的纪念品，爷爷传给她的爸爸，她的爸爸又传给了她。

　　对于远离那段历史的 90 后孩子来讲，那枚徽章没有什么可以吸引她的，所以那徽章就一直放在抽屉里。

　　某天，她突然觉得这枚徽章别在她的军绿色长裤上挺酷的，于是她将它别在了长裤的裤兜外，去了学校。

　　也许，她的同学会好奇地来问她这枚徽章是从哪里来的，当她讲出一段家族历史的故事，是不是比那些《火影》人物卡片更有意思呢？我没有问过她，但是，我对此深信不疑。

薄盐之味

阳光告诉我们，她在暑假期间帮助女儿成功瘦身，一大法宝就是糙米糊。

要瘦身肯定要控制饮食，饿了怎么办？

她说："我给女儿调配的糙米糊，女儿特别喜欢。"

这是好办法，我们也可以试试呵。微胖界人士静思和我对此很有兴趣。

阳光答应送我们糙米粉以资鼓励，为此她到超市买来有机糙米，在家里炒好，再到外面找人研磨成粉。

那浅咖啡色的粉末，细细的，香香的，装在玻璃罐里，每每看着就觉得享受。

怎么吃？

阳光告诉我，用开水调好后，撒一点儿盐，吃起来就很香。

撒盐？

当然是盐。糖是减肥大忌，用盐来代替才是正确的选择。

我用开水调好一杯糙米粉，按阳光所说，细细地撒了一些盐，然后开始享用我的减肥第一餐。

糙米的米香扑鼻，口感绵软、爽滑，薄薄撒上的一层盐让舌尖的味蕾打开，充分提升了米糊的香味和口感，好美。

能让我如此清晰地感受到盐的滋味的，竟然是这一杯糙米糊。

那杯香滑的糙米糊似乎是一张绵密细腻的白纸，盐在上面落笔成墨。

作为在厨间奋斗多年、自食其力的女人，我以为我已深谙美食之道。

可孩子对我的评价就是，虽然手快，味道也不错，但是缺少创新，不够精致。

也许跟我对做菜的态度有关系，尤其在加作料这件事上，我是比较写意的，一不小心，泼洒过多，成了厨间豪放派。

是的，我竟然连盐的功课都没有做足。

百味盐为先，在做菜这件事上，盐是第一关。

看美食节目，诸多大厨在最后撒盐的时候，用手指捏起一撮盐，一脸专注地将盐撒在食物之上，那样的时刻，我看到了对食物和盐的尊重。

自己做的却不尽人意，时而淡了，时而咸了，浑不在意。

想起一位老先生，那还是十多年前，我去看望他。老先生是美国一所大学的终身教授，退休后从美国回来，定居武汉，从事心理学的教育推广。跟老先生结缘，是当时我所供职的《心理辅导》杂志社请他给我们讲一个有关催眠的课。老先生的博学、幽默、热情令我印象深刻。我和娟子是同学，那天我俩一起去看望他时，老人家还没有吃饭，我们决定一起给老人家做一顿饭。

那天做了别的什么菜我都忘了，只记得我炒了一个苋菜。

一切都好，就是，有点儿咸。

是的，对我来说只是有点儿咸，但是老先生说："天啊，你们吃这么咸的食物？这非常不利于健康的哟。"

然后他给我们讲，他在自己的生活中是严格控制盐的摄入量的。

他一再地说："你们以后做菜一定要淡一点儿，淡一点儿。"

昨天看书，读到一首小诗。

一帆一桨一渔翁，一个渔翁一钓钩。
一俯一仰一场笑，一江明月一江秋。

这是清朝诗人陈沆的一首小诗，意象寥寥，却如细盐入馔，意境深远，韵味悠长。

在我看来，这是文字中的薄盐。

又想起香港作家李碧华写的句子。

大意是，人到中年，就像一只蛋已经被煮成了白水蛋，它没办法摊蛋饼、做蛋糕、蒸蛋羹、做蛋汤，唯一让它有滋味的吃法是，蘸一点儿盐，吃下去。

当然，是薄盐。

乐在修修补补

那天，我在挪椅子时，带动了鼠标线，鼠标线又绊到了那个装着茶杯和茶壶的小托盘。

它们从电脑桌上掉到了地板上，茶水洒了一地，茶壶的把儿也掉了。

挺懊恼的，因为很喜欢这个茶壶，现在却被自己的毛手毛脚给毁了。

我捡起那茶壶的把儿，发现它断得干脆利落，基本上就是从原来粘接到壶身的地方断的。再把它们拼在一起，还很完整，当然，细细的缝还是有的。

我想，要不，用 502 试一试？

女儿热爱手工，她的房间有一管用了一小半的 502。我把它找出来，将茶壶的把儿和壶身脱落处涂上 502，再将它们紧紧地拼在一起。然后，一个完整的茶壶又出现在我的面前。

放了一天后，用它盛满水，壶把儿完全可以承受。

后来，我发现，壶盖上也有一道细细的裂纹。

据我所知，有一种工艺叫锔，就是将破裂的器物，瓷的，陶的，再补到一起来，成为有独特之美的纹饰。

但我不会锔它，一则找不到这样的匠人，二则，其实并无必要，这样的壶盖和这样的壶身，岂不是更配。

此时，我用它盛了清水，养了一枝折鹤兰，在案头陪我。

今天，把弟妹几年前给我的一件黑色长袖连衣裙洗了，挂在阳台上，把上面须须索索的东西都剪掉了，尤其是腰部的那片斜搭的布。

我在动剪刀前才发现其实她已经剪过一面，但是不彻底，这次我将那一面整个拆了下来。

想必当初弟妹还是挺喜欢这件衣服的，在某次的家庭宴会上看到她穿过这件衣服，离现在已有六七年了。她因为长胖就送给了我，但我一直没穿，这样的秋凉天气，突然想起它来。毕竟还是一件不错的衣服，得让它发挥衣服的作用。

修剪了所有的线头。

那些翻了的边也一一缝上。

衣领是一定一定要熨烫才行的。

它是高弹力面料的，腰腹部很贴身，需要一条大围巾搭着，好在我不缺大围巾。

改衣服上瘾了，索性把另外的一件黑色风衣找出来，里面有我给它配的那件绿色花草图案的真丝连衣裙，裙子有点儿长，比风衣还长，肯定要剪。我对比了一件短款旗袍的长度，把连衣裙的下摆剪短，剪下来的那一圈，锁边缝好再熨烫一下，刚好可以做成围巾，与里面的连衣裙一起搭配这件风衣，应该很美。

一件样式略古板沉闷的风衣，因为这样的搭配和改动，鲜亮活泼起来。

因为它，我有些期待秋风起。

我是一个惜物的人，所以，喜欢做一些修修补补的事，修漏水的水龙头，补脱胶的鞋子，给吱吱作响的门轴或电扇轴上油让它们静音，等等。

改衣服对我来说更是举手之劳。

如果不是读书，我当年很可能就去当一个裁缝，想必会是一个好手艺人。

现在，衣服是做不出来了，就在这修修补补中过一下瘾吧。

当然，也有很多东西是修补不了的，比如彻底崩坏的事物以及感情。或者觉得无修补之必要的鸡肋般的事物或者感情，没办法，只好让它寿终正寝。

何时何物要做修补，何时何物要做断舍离，就要听取自己内心的声音了。

这也是一种选择的智慧。

愿你拥有。

贰

我的生命里住过一个你

当年，我错过了当女神的机会

十多年前，我、娟、燕是同事，在同一家杂志社工作。

9月是开学季，为应景，我们为第9期杂志做了一个主题策划——读书改变命运。谁都知道，上大学是人生重要的转折点。十年寒窗，历经竞争，我们才有机会进到大学读书。

我们仨都是从地方考到省城武汉的，但家庭背景也有差别，娟的父母在县城工作，爸爸是当地文联主席，妈妈是小学老师，我和燕的父母都是地地道道的农民。

但是没关系，现在，我们坐在同一间办公室，聊着同样的话题。

这不正好也体现了知识改变命运吗？

在聊到高考前大家所感受到的高压时，娟讲了她的一件小事。她说，她每天下了晚自习回家后还要看书、复习。那天，她因为当天的考试成绩不理想而烦躁。这时，房门开了，她的母亲进来，端着一杯牛奶，还有两片饼干，给她当消夜。她很崩溃地冲母亲大喊，你出去，你吵着我了，我不喝。然后失手打翻了牛奶。

我和燕互相看了一眼。

娟看到了，问："咦，你们刚才递眼神是什么意思？"

我笑了，我说："我在想，你那时候的条件多好啊。晚上还可以喝牛奶吃饼干，这是我当时想都不敢想的奢侈。"

燕也扑哧一声笑，她说："是的，我也是这样想的。"

原来我们俩心有灵犀。

娟看着我们笑，愣了一下，说："可是我的本意是想忏悔我当时对母亲太粗暴了。"

是的，这就是区别。一个人出生时的家庭背景与生活环境决定了这个人对事对物的态度。人和人之间的差异是与生俱来的，此后对于事物的理解也是千差万别。当我和燕在为那杯打翻的牛奶惋惜时，娟并不在意那杯牛奶，她只是为自己当时对母亲的态度后悔。

按马斯洛的需要等级论，她在高中阶段是已经满足了生理与安全的需要，而我和燕尚在临界线上。

随后，燕讲了她的故事。

她到大学报到的第一天，父亲陪她来，把她送到学校，安顿好，把准备好的钱给了她，就匆匆地回鄂州老家去了，地里还有干不完的活儿等着他。

燕自己去报名，办手续，结果在办某个手续时被告知还要缴一百五十块钱，而这并不在她和父亲的预算之内，所以带的钱根本不够。

怎么办？借钱？大家都是新生，谁也不认识谁，怎么会借钱给你？

那是二十多年前，没有手机，没有电话，在省城也没有亲戚，于是，燕就坐上了回鄂州老家的长途汽车。

等她回到家，父母都不在家，到地里干活儿去了。她又要赶时间，只好向叔叔借了钱，再匆匆忙忙地赶回学校。

她说："我永远都记得我赶回家拿钱时的心情。"

娟在一边瞪大了眼睛，这在她是难以理解的。

她说："我上大学的第一天，我爸送我到武汉，同时到长江文艺出版社拿到他的一本书的稿费。我清楚地记得，当时我爸把那一摞稿费拿出来，一分为二。一叠递给我在同济医科大学读书的哥哥，一叠递给我，说，这一半给哥哥，这一半给妹妹。"

这，就是差别。

所以，相比之下，我更能理解燕的心情，基于我和她同样的起点，同样的生活背景，我们的生活中经历过的同样的窘迫。

我的大学时代，基本上除了必要的生活开支之外，是不花钱的。

衣服，有的穿就行，同学身上的牛仔裤我羡慕了很久，最终还是没有买。对化妆品和护肤品几乎是零需求，只记得用过百雀灵。头发护理，记得的只有蜂花洗发水。

为了省钱，同学中秋节聚餐，我借故不去参加，也很少逛街。有老乡约着暑假去云南旅行，说可以省住宿费，因为他有高中同学在云南大学读书，我们可以住学生宿舍，但我也拒绝了。

然后，大二那年，学校模特队招新，我的同学琼极力怂恿我去。她说："你怎么不去呢？你条件这么好，不去太可惜了。"

我觉得这简直是开玩笑，学校模特队的女生在我看来都跟仙女似的，我自己却是一只丑小鸭。

另外，如果去模特队，置办服装肯定是需要花钱的。再说，自己一个乡下妞，哪有勇气去参加这么时髦的团体。于是，我毫不动心，没去。

若干年后的某一天，当我跟女儿讲起这件往事，她大呼："老妈，你太傻啦，你难道不知道学校的模特队，学校是会拨经费的吗？而且，你要是参加了模特队，你的形象、气质肯定会有质的飞跃，那你就是女神啦。"

是吗？我笑了。女神？原来，我错过了当女神的机会，在我的大学时代。

我清楚地记得，大学毕业的时候，我身上还有五百多块钱。20世纪90年代，这是一笔不少的钱。我把它们悉数给了父母，我对他们说："我马上就可以拿工资了，这钱给你们，让弟弟们读书。"

现在想来，多少有点儿后悔。在那个年代，这些钱可以买多少漂亮的衣服？可以去多少地方旅游？可以参加多少活动让自己开阔眼界，体验不一样的生活？以我现在的观点，我觉得把钱用来买书，买衣服，旅游，开阔眼界，提升自己，都是非常必要的，远胜于把钱还给父母。

但是，我也知道，纵使回到从前，我还是会如当年那样，把省下的钱交给父母。因为我知道，这是他们的辛苦钱，每一分都得之不易。那时候，父亲打回来的鱼舍不得吃，要拿到镇上卖。家里母鸡下的蛋也舍不得吃，也要卖了换回油盐。家里还有两个弟弟，小弟弟在读初中，大弟弟已经去当了学徒，跟大弟弟相比，我已算是幸运的。

娟在高中喝的牛奶，我在大学才喝上。

燕在大学报到第一天就要回家借钱，我在大学毕业的那天把没用完的钱给了父母。

毕业十年后，我们成了同事，有了那样的一次聊天。

再十多年后的今天，娟成为心理专家，正在攻读博士学位。燕在读研后进了一所大学教书，也是心理学方向。我成为写作者，同时也做心理咨询，看人间百态，写世道人心。

我们都已为人母，而且我们生的都是女儿，现在，她们正在走当年我们曾经走过的求学之路，而我们成为她们身后的背景与支撑。有时候我会想，当她们想起自己的父母时，会想起什么？

一个人的出身会在很多方面决定一个人的眼界、格局、前途，父母是孩子的起跑线，但最后，能跑多远，主要还是看孩子自己。

当年，我也许是错过了当女神的机会，但是值得欣慰的是，现在，我凭着自己的努力活出了一个更好的自己，而我的孩子，也将这样。

一切都是过程，过程即是一切。

女红是我们的共同语言

在小区门口的便利店结账的时候，听老板娘说："你这手套是自己织的吧，织得真好。"

我戴着一副红色的露指手套，天一冷它几乎就长在我的手上了，因为是露指，打字、做事都很方便，除非是要沾水才会摘下来。

我说："你看得出来是织的呀？"

她说："看得出来，因为卖的手套没有这样的。"

于是我给她讲这双手套的特别之处："是我自己设计的织法，织成片再缝合，一根线织就，非常方便。"

我当时织了三副，一副灰色的，一副灰绿色的，这副红色的是最后织的，也织得最好。

她说："现在人们都是买买买，自己织手套的不多了。"

"是啊，买多方便啊。"我说，"我也是好几年前织的，都磨破了，我想今年再织一副黑色的，唉，没时间。"

是真的没时间吗？好像也不尽然，但总归是迟迟没有开始。我现在的计划是，等过年的时候织。

"你喜欢织毛衣吗？"我问老板娘。

"喜欢。"她说，然后给我看她穿在棉袄里的一件墨绿色毛衣，"这是我自己织的，儿子上高中的时候。2011年，再后来就没有织毛衣了。"

那件毛衣织得很好，领口的针脚挑得极匀称，高度弧度都恰好，一看就是功底深厚的人织的。

"百分之八十的含毛量，是当时最好的毛线了。"她说，"又暖和又舒适。"

"对对对。"我说，"我一般买百分之七十五的毛线。"

"你以后还会织毛衣吗？"我问她。

"也许会吧。"她笑着说，"等儿子结婚后，我给孙子织毛衣。"

这，大概是每一个热爱女红的老母亲表达母爱的最好方式了。想起我的一位姨，儿子刚结婚就开始给未来的孙子织毛衣，那些粉粉的小衣服可爱极了。儿子婚后有一段时间没有孩子，可把她急的。现在好了，含饴弄孙之余，她一定又织了不少新毛衣。

我跟老板娘挥挥手，出了店门，回家。

在这家便利店买东西很多次了，和老板娘的对话大都是：需要什么？一共多少钱？钱已经付了。好走。

没想到今天因为一副手套，两个人竟然聊了这么久。

这是女人之间的共同语言。

走在路上想起我最后织的一件毛衣，2009 年春夏之间，在杂志社发行部的一位张姓大姐的帮带下，非常复杂的花针，我竟然也将它织成了，也赢得了不少赞誉，但我现在已经很少再穿了。它适合做一个纪念，那段上班日子的纪念。日子像针脚一针一针地穿绕梭行，多少心思尽在其中，又消散于空洞，却连成一片锦绣。

有趣的是，在织那件毛衣期间，我也和那些生活经历、个性气质迥然不同的大姐们因为手中那团柔软缠绕的物事而有了共同语言。

这也是女红的另一种魅力之所在。

因为眼睛的缘故，毛衣以后大概是不会再织了，但手套还是会织的，至少，我会找个时间把那副黑色的手套织出来。

未选择的路

受冯妈妈邀请，我参加了她组织的一场武汉外国语学校 2017 级保送生的分享会。

自从女儿上大学后，过江口的机会极少，到处在修路，开车不如坐地铁快。于是我按百度地图的指引，坐地铁到青年路，再步行寻找过去。结果发现，其实如果我就像当年每周三去看女儿时一样在中山公园站下车更为方便，因为创世纪广场就在武汉外校附近。

每次出行，选择最佳路径，是生活在一二线城市里的人要具备的能力。

我到时，教室里已坐满了人，多数是家长，从大家的眼神中可以感受到对保送相关资讯的渴盼。这些家长的孩子，肯定都在外高的保送大名单里，只是各自的目标学校不一样而已。

一位孩子被保送上北大的妈妈分享了她陪伴孩子走过保送阶段的过程以及经验。随后，几位已经成功保送上北大、复旦、北外、上财的孩子分享他们的备考与面试经验。这些孩子都颜值高、气质佳，表达能力超强，而且风格不一，有的"萌萌哒"，有的高冷范，但都不怯场，也不吝分享干货，真的非常棒。

这个活动也让我知道，走保送这条路其实也是挺不容易的，孩子压力非常大，要做各种功课，要学习各种技能，除了成绩之外，对综合素质的要求极高。

我在想，当年要是和女儿参加了这样的活动，没准选择的就是保送这条路呢。那么，现在的她肯定是在不同的轨迹上前行了。

冯妈妈是位非常用心的家长。她的儿子亚伦品学兼优，他在2014年被保送进了清华大学的外语学院。作为一名曾经的文科生，因为大一时参加的一项有关环境与气候的国际交流项目，而爱上了环保事业，并且孜孜以求，终于在大二上学期，通过一系列的申请与考核，成功地从清华转学到美国排名前十五的范德堡大学的环境工程专业。曾经作为文科生的他，为此必须重新学习生物、化学等理科课程，这对于他是极大的挑战，但是他并不畏缩，适应得很好。学业之外还积极参加各种社会公益活动，参加创投比赛，在戴尔获得了一份暑期实习生的工作。这孩子目标明确，精力旺盛，交际广泛，未来无可限量。

冯妈妈讲起儿子来眉飞色舞，脸上满满的喜悦。我欣赏这样的父母，在教育中用心，对孩子不吝赞美，对其他家长不吝分享，感染力极强。

冯妈妈说："任何的偶然之中，其实都蕴含着必然，没有一个人、一件事是无缘无故地来到你的身边的。亚伦的每一步都是一环扣一环，现在他找到了自己的方向，并且坚定地走下去，作为母亲，我唯有鼓励与祝福。"

在分享会上，认识了项老师，他也是武外毕业的。因为外语学校的学生在保送时只能选择语言，而他的家人极力主张他学金融。十年前，成绩很好的他放弃保送，参加高考，以优异的成绩考进了武大的金融专业。可是，他更热爱且擅长的还是英语，大学的时候就开始在新东方当老师，并且自主地从金融专业转到英语专业。毕业几年后，架不住家人的劝告，又去英国伦敦国王学院学了经济，回国后顺行地进了金融系统。但是，他发现自己放不下的还是对语言的热爱，于是，后来又考到武大读了英语专业的博士，现在从事英语教学工作。

听了他的经历，真的很感慨。

这十年，他一直在自己的爱好与家人的期待之间游移。英语和金融多少还有结合点，而且他够聪明，所以可以灵活转身。应该说，他是一个听话孝顺的孩子，顾及了父母的感受，但同时，他也努力地追求自我，不放弃自己的理想，于是就走了这样一条双轨线。虽然似乎这两条线离得近，他还都够得着，还可以兼顾，但是，只有自己真正热爱的，才能走得远，走得顺遂。

我也作了一段简短的分享，说的是作为一个当时没有选择保送，而偏偏参加了艺考的孩子的母亲，我当初所经历的纠结，以及是怎么陪伴孩子走过高考前后的那段时光。

我说，我不能代替孩子做决定，我尊重她的选择，让她走自己想要走的路。至于将来如何，那是我们无法控制的。其实，这就是人生。

要说保送，其实，在我的人生中，也有那么一次。

是在读初中的时候，初三上学期，有一天，班主任突然叫了班上成绩比较好的几个同学，到一间小教室里，说是参加一个小考试。监考者是两个陌生的面孔，当时的考试内容涉及语数外，但我印象最深的是要写一篇作文，而那天我的感觉特别好，几乎是一挥而就。

后来才知道，那两个老师分别是天门一中的校长和教导主任。我的优势在于曾经有作文在《中学生作文选刊》上发表，而我面试时的表现又不负众望。于是，就在这样的一场考试之后，我和另外三名同学得到县一中的保送资格。

因为被保送，所以随后几个月的心态真的有些失衡。像其他同学那样苦学吧，我做不到，毕竟，已经拿到了县一中的入场券，绷得很紧的弦松了。不好好学吧，看周围的同学在用功，又觉得有点儿心虚气短。

几个月后，虽然可以不用参加中考，我们几个被保送的同学还是进了考场。我记得，我当时的分数刚好过了县一中的线，也过了中专分数线，只是我放弃了报考，最终，以并不具有优势的成绩进了县一中，开始我的高中生活。

而当时还有一段小插曲。因为班主任跟天门一中的两位老师介绍说我的家在农村，父母对我的期望可能就是考个中专，于是，校长和教导主任就在班主任的陪同下，到我家，准备跟我的父亲谈一谈。

三位老师一人骑着一辆自行车，我坐在班主任的自行车后座上，一起往几里地外的我家去。

正是早春三月，一路上春风骀荡，桃红柳绿。到我家时，我家门口的那棵大榆树正新叶簇发，郁郁葱葱。

面对三位不速之客，我的父亲有几分意外。但是，来访者诚意满满，很快，父亲就接受了他们的建议，同意让我弃中专，读高中。

我的内心半是懵懂，半是激动，我没有想到，我的人生未来的走向就在那样的时刻发生了变化，最终引领我走向了现在的生活。

时隔多年，尤其是在参加了这样的一个有关保送的分享会之后，我想起了这段往事。我止不住地想，当年要不是因为县一中校长的登门拜访，我可能就选择了去读师范，也许是一条更适合我的人生之路呢。

只是，人生没有彩排，也不接受假设，它是无法回头的单行线，是仅此一次的旅程，在旅程中，我们时不时地会来到小径分岔的路口，何去何从？

还真的没有标准答案。

这正如我所喜欢的那首诗，罗伯特·弗罗斯特的《未选择的路》。

黄昏的林子里有两条路，
很遗憾我无法同时选择两者。
身在旅途的我久久站立，
对着其中一条极目眺望，
直到它蜿蜒拐进远处的树丛。
我选择了另外一条，天经地义，
也许更为诱人。
因为它充满荆棘，需要开拓。
然而这样的路过，
并未引起太大的改变。
那天清晨，这两条小路一起静卧在
无人踩过的树叶丛中。
哦，我把另一条路留给明天！
明知路连着路，
我不知是否该回头。
我将轻轻叹息，叙述这一切
许多许多年以后：
林子里有两条路，我——
选择了行人稀少的那一条，
它改变了我的一生。

以茶悟道

某天回家，看到茶几上放着两盒茶，黄绿色的长方形铁皮盒，左边两个黑色行书体字：悟道。

是信阳毛尖，不用问也知道，这是孩子的父亲送来的。

我是南方人，从小学会这一句：南方有嘉木，所以一直以为好茶在南方。他的老家在河南，有亲戚在信阳，往来间送过我们信阳毛尖，味道甘洌。我这才知道北方也有名茶，信阳毛尖便是其一，以前的自己眼界狭隘。

从此开始喝这种茶，同是绿茶，它和碧螺春、龙井相比，竟也不相上下。有的时候，也把这信阳毛尖送与同事、亲友，告诉他们这茶之所来，那时我是真的以之为荣的。

后因人生之种种，在无常与无奈之下，我们离婚，和平分手。在亲友看来，我们堪称离婚之典范，但只有亲历者才知道这中间有怎样的九曲回环，内心有怎样的波澜。

随着时间的流逝，他已有了新家，我也放下过往，享受尘埃落定后的安宁。

他偶尔会过来看看孩子，有的时候会捎一两盒茶过来，以信阳毛尖居多。

年轻时，明知喝了茶后胃会不舒服，也要坚持喝，只为那唇齿间的回甘，为那片刻的心怡。人到中年，开始学习各种养生之道，知道自己是寒性体质，其实并不适宜喝绿茶，于是改喝红茶，或者是普洱。

他送的茶我多数转送他人，仅留一点儿自己喝，其实也不为喝，只为看它的形容、颜色。

看那根根绿芽在水中漂浮起落，后来根根直立如一片水中小森林，茶汤碧绿透明，杯口水汽氤氲，茶香缥缈，实在是悦目养心。

所以，就算是一杯好茶，为了健康，不喝也罢，总会有其他方面的东西来弥补。

与绿茶的缘分如此，与一个人的缘分亦如此。

有人说禅茶一味，大概就在这样的体会中。

比如此时那两盒新茶，他送来，我感谢；他不送来，我也不会期待。我觉得这样很好，真的很好。

谁的自行车曾走过最远的路

自行车上的笑

那天真的很巧，我们刚把车停好，走在通往东湖樱园的路上，就遇到一对小夫妻把两辆橘色的自行车停在路边，上锁，离开。

"这就是摩拜。"女儿指着自行车说。

她在北京上学，早有过骑摩拜的经验，回家还给我讲过，而我这是第一次见到。

"那我们也在绿道上骑车玩吧。"我对女儿说，"赶紧告诉我怎么样可以骑这个车。"

她拿出手机，帮我扫二维码、卜载 App、交押金。

好了，我的手续终于办完了，准备扫码时，发现不行。

"这辆车被人预约了。"女儿看了一眼说。

"还可以预约？"

正纳闷，走过来母女俩，那个女孩儿手上拿着手机。果然，她冲我们说："这辆车我约过了。"

我和女儿只好再去找别的车。

转了一圈，总算又找到一辆。

有近十年没有骑自行车了，当我再推着自行车滑行，抬腿上车的时候，真的有几分紧张。

好在我也算是"老司机"了，骑了一会儿后，就适应了，刹车试一试，车铃铛试一试，都挺好，就放心地沿着湖边骑去。

骑自行车是一件开心的事，尤其是在多年没有骑过之后。基本上，在东湖绿道上骑行的三个多小时里，我一直是在笑着的，微笑，或者是大笑。

这对于一个中年人来说似乎很傻气，但是，我是真的开心啊。我可不想一本正经地严肃端庄地骑自行车呢，尤其是在这么美的东湖绿道上。

有人说自己宁愿在宝马车里哭，也不愿意在自行车后座上笑，像我这样的人，能够在宝马车里笑当然好，实在不行，就在自行车上笑，像现在这样。

会骑自行车有多了不起?

关于人的成长，我相信进化论，觉得现在的孩子比我们要聪明多了。不说别的，光是骑自行车这件事，我和女儿的学习进程就有巨大差异。女儿四五岁的时候，某一天在一位热心阿姨的陪同下，在学校操场骑了几圈，就学会了骑自行车。

当然，一切是以物质条件作为前提——女儿两岁就骑三轮童车，她对车毫无畏惧之心。

而在我成长的 80 年代，自行车对于每个家庭都算是大件，尤其是在农村。

我们家的第一辆自行车是在我读初中的时候买的，一家人奉为珍宝，爸爸是它真正的主人。我的大弟很快就学会了骑车，我也想学。

不得不说，我的运动细胞欠发达，而且那辆自行车又笨重又高大。我推着它在门口滑行，感觉它就是一个庞然大物，而且不听话。我推着它，跟着它，想要控制它，却又害怕它。我和它别别扭扭地在一起，像每一对来我们节目调解的夫妻，彼此都累。

一个熟练掌握了某项技能的人看到新学者的笨拙会觉得他们简直笨得不可思议。当年，我爸和我弟，指导我在我家门口骑自行车时，不是一脸的笑，就是摇头叹息。

好在我不是笨到不可救药，终于，我可以稳稳地滑行了。

终于，鼓起勇气，从车的三角架中间把右腿伸过去，踩到踏板上了。

终于，可以在滑行中保持平衡，把自己的右腿高高地甩起来，迈过车后座，紧张地坐到自行车的车座上了。

终于，可以踉跄着下车了。

……

每一点儿进步，都是时间换来的。

我只能在寒暑假学自行车，刚刚学得像那么回事了，开学了，于是放下。下一个假期重新来学时，就得花好长时间温习。

一鼓作气，再而衰，三而竭。我的学车史就上演了这样的桥段。

总之，我是初中开始学骑自行车的，直到高中的某一个暑假终于会上车下车，才算出师。

作为学成毕业大典，我骑着自行车去了一趟学校，30多公里外的县一中。

那天，刚出小镇，我差点儿冲到了路边的渠道里，好在有道旁木拦住了我和我的车。

出师不利，令我战战兢兢，如履薄冰，但是，我还是鼓起勇气，再次骑上车，往县城方向而去。

30多公里的路，在我的车轮下碾过，我成功地上车，下车，成功地避开行人和车辆，成功地到达学校，报名，然后再骑回家。

虽然一路惊心，但也有惊无险。至此，我才算是真正地学会了骑自行车。

这离我初次摸到自行车车把，中间至少隔了两年。

另外，所有的学习其实也是要付出代价的，那时候，我撞过人，撞过树，撞过禾场上的石碾……

多年后，当我在考汽车驾照的最后一关路考时，车还没启动，我的双腿就开始不由自主地发抖。我哭笑不得地对考官说："天啊，我多少年没有如此怕过了。"

好在最终我顺利地通过路考，拿到了驾照，开上了车。

而我学开车比学骑自行车用的时间要短得多。

所以，比起很多半途而废的人，我想，我还不是那么笨。

第一辆自行车，与最后一辆

大学毕业留在武汉，第一份工作做了半年，离开时，唯一的收获是给自己买了一辆自行车。

我骑着自行车到我的第二个单位上班。

我用那辆自行车驮着我所有的行李，穿越武昌，从三角路骑到小何村，相当于从徐东一直骑到光谷，中间穿过东亭、武大、虎泉，竟然一点儿不觉得累。

只能说，那时候真的好年轻。

再后来，骑着自行车几乎踏遍了武昌。

关山邮局是我常常要去的地方，踩着自行车，包里装着公司的汇款单去取钱。有一次一下取了一万多，感觉是一笔巨款，担心出差池，把车踩得飞快，回到单位交到财务室，才算放心。

东湖。那时候的东湖完全是原生态，我骑着自行车在湖岸上走，看到渔民在那里撒鱼食，修整围堰，压根儿没有想到二十年后这里会变成眼前人来人往笑语喧哗的公共绿地。

江边。骑车到中华路码头，在那里看江水、夕阳、行人、长江大桥，吹吹江风，再吃一根冰棍，真的不要太美。

更多的时候是骑着自行车上下班。那时候我住的地方到单位没有直达的公交车，只能骑自行车。

四十分钟的车程，在春暖花开时，可以看到一路的樱花与暖翠，那是享受。到了冬天，寒风凛冽之时，则是受罪。

但是那时候年轻啊，骑着车，以人车合一的娴熟，灵巧地闪避行人，心情好时赶超一下前面的骑者，随行随止地在路边摊上过个早，经过公交车站看到挤不上公交车的人，顿时觉得自己好幸福，因为一切尽在自己的掌握中。

后来结婚，搬了家，仍然骑自行车上班，但是坡路比之前的多。于是，买了一辆变速自行车，当时算是自行车中的顶配。

遇到上坡，调到上坡档后再骑，确实比普通的车要省力。

那是一辆蓝绿色的自行车，现在想来，那颜色非常接近于蒂凡尼蓝，是我当年的一件奢侈品。

因为喜欢，所以对它颇珍惜，当时偷车贼挺多的，于是除了后轮的卡锁外，又在前轮加了钢丝锁。

尽管如此，仍然逃不过被盗的命运。终有一天，放在教工宿舍楼下的它不翼而飞。

唯一的安慰是，到学校保卫处报案后，竟然拿到了一笔赔偿金。

从第一辆自行车到最后一辆自行车，粗略估计一下，我至少买过四五辆，也被偷过四五辆，这完全是无法控制的。而这一辆是最豪华的，也是唯一在被盗后拿到了赔偿的，所以印象最深刻。

其他的车，泯然众车矣。

我最后买的那辆自行车，不知道还在不在我家楼下的楼梯底下积灰。

七八年前，女儿用暑假时间在附近的一个画室学画。那边走路去太远，开车去又太近，而且要掉两次头，最好的选择是骑自行车，于是和她一起去买了这辆自行车。记得是在茶港小区的某幢居民楼的底楼，我们选好车型后，卖车的人给我们组装好，然后我们骑回家。

女儿骑着它去画室，再骑回家吃饭。有时候我骑着它去买菜，还曾经把嘟屁放在车篓里带它去兜风，结果它真的吓尿了，女儿笑它，好屁。

那是一辆给我们留下关于夏天美好回忆的自行车，我挺喜欢。只是，当时我们已经买了车，真正用到它的时候很少，最后，女儿不去画室了，它就被放在楼梯底下，积灰，沉睡，我几乎忘了它的存在。

这是汽车时代里，一辆自行车的悲哀。

但是，有了摩拜。

谁的自行车曾走过最远的路？

幸亏有了摩拜，让我再一次体会到了骑行的快乐，唤醒了与自行车相关的回忆。

因为摩拜，也和同事朋友有了更多的谈资。

在和女儿东湖绿道行之后的某一天，参加一个美女主持人举办的聚会。她为我们备了美酒，叮嘱我们不要开车。所以我们到后，一边喝茶，一边讲各自来这里的交通方式，说到了摩拜，又说到了当年那些与自行车相关的回忆。

原来每个人的青春岁月里，都有那么一辆记忆深刻的自行车，自己的，或者是别人的。

我讲了我的一个老乡的故事。

应该是二十多年前，高考完，那个老乡借了一辆自行车，骑着它，一直骑到武汉。

从天门的蒋场到武汉的长江大桥，应该是一百多公里。他一大早出发，从天门东乡，经过汉川，再经东西湖，到达传说中的武汉。

夜里十点，他骑着车到了武汉长江大桥上。

从日出到日落，从乡村到城市，一个于他而言崭新的世界经由自行车轮毂的旋转徐徐展开，并且铭刻在心。

陈老师听我讲了这事，说："这算什么，我的一个哥们儿，更狠。"

当时，陈老师刚刚买了一辆二手的赛车型自行车，花了近两千，自己还没有骑呢，这哥们儿来借车。

陈老师爽快地借给他，第二天，问那哥们儿人在哪儿，他要用车了。哥们儿说他在前往襄阳的路上，骑着借来的自行车。

"你疯了，干吗要骑着自行车去那里？坐火车不好吗？"

那哥们儿说："我要感动她。"

原来，他的女友提出要和他分手，他就决定骑着自行车去找她，挽留她。

那天，他足足骑了一天才到襄阳，找到了女友。女友是很感动，但是，她还是坚持要分手。

这哥们儿再也没有力气骑回来了，把自行车扛上了火车，坐火车回武汉。

他来还车时，陈老师说，那自行车的三角架的一根钢梁已经裂了。这车就这样废了。

现在，他们再见面时，这件事一定会被拿出来说道说道，致敬那段为爱疯狂的，再也不会回来的青春。

其实，在我所认识的人中，还有比陈老师的朋友走得更远的。

是一对父母。

在孩子读高中的时候，某个暑假，他们决定好好地锻炼一下孩子，同时也增进家人之间的交流，于是，夫妻俩带着女儿，三个人三辆自行车，从武汉一直骑回宜昌的老家。

中途他们也休息过，行程两天多，最后到家时，虽然又累又乏，而且晒脱了皮，但却有抑制不住的兴奋。

一个城里长大的孩子，经历这样一场特别的旅行，砥砺身心，从而轻盈而坚强。

这一路在孩子心中形成的关于家庭，关于父母，关于成长的记忆，她会终生难忘。

所以，如果爱孩子，不妨带着他去骑行。

在我的女儿小的时候，我们一帮妈妈团曾经组织着一起骑行。从理工大浩浩荡荡地出发，到华农的南湖，或者到东湖磨山，赏春、野餐，尽兴而返。随后几天的腰酸腿痛，现在看来都是幸福甜蜜的回忆。

这回忆，才是生命的滋养。

而这回忆里，都有一辆载着你御风而行的自行车。

我在游泳中，学会了游泳

我又去游泳了，在时隔多年之后。

先在浅水区试一下，从 80 厘米深处，到 1.5 米深，再到 1.8 米深，一点点地适应。

发现自己还会游，看来一旦学会了某种技能，它就成为你的终生技能了。

我不会蛙泳，自由泳的泳姿也不标准，但是，我是可以游的。

一口气可以游十来米，在水下吐气没问题，但是要在露出水面吸气之后再扎入水中就有些困难。

仰游是我最拿手的，游累了就在水面上平躺，全身都很放松。

在练习池游了三四十分钟后，我来到里面的那个 2 米深的泳池。

这里人少，一个泳道只有两三个人在游。开始有点儿紧张，但是，一鼓作气游到终点后，我对自己放心了。

从现在开始，我要在游泳池里做一条鱼。

回忆起来，学会游泳并不容易。

虽说是在河边长大的，可是因为每年夏天那条河都会淹死一两个孩子，所以大人们对我们管束甚严，不让到河里去游泳。

要去，只能在黄昏时分跟着大人一起去。

所以，基本上只有调皮的孩子才学得会游泳，因为他们不听话，趁着大人不在家偷偷摸摸地下水。

大人回家后，有一个办法可以知道孩子下过水没有——用指甲在他的胳膊上划一下，如果下过水的，一划就有一道白印子。

大人一旦发现孩子偷偷下水了，少不了给一顿打。既然是调皮的孩子，挨打也是家常便饭，他们不怕。于是到了黄昏，大人允许下河的时候，他们是在河里玩得最欢的一群，嘲笑着那些不会游泳只会瞎扑腾的"旱鸭子"。

那个时候，谁家要是有一个充气橡皮胎，那就是奢侈品。大家求着它的主人，让自己也能趴在上面，感受那奇妙的浮力。

有一次，那个轮胎上趴的人太多，漂到河的中心。这时，远远的有一艘轮船开过来了。对，那个时候，我们那条河上是走轮船的。

大家慌了，顿时一片惊呼声，胆小的已经开始号啕。

岸上的大人听到声音，扔下手中的活计跑过来，扑到河里，游过去，把这些冒失鬼连同那个轮胎拉到岸上。

惊惧之下，大人就把巴掌打到为首的那个自家小孩儿的屁股上。

她是那个轮胎的主人，是我们这一伙的孩子王。她很无辜，因为是我们想趴到她的轮胎上的，但是，她又不得不承受大人的责骂，因为，如果没有及时拉上岸，后果真的不堪设想。

其他家长也纷纷赶来，在自己家孩子的屁股上、头上，或轻或重地打几下，骂几声，然后拉着他们回家。

我到现在都记得我跟在板着脸的我爸身后回家时，河水沿着裤腿往下滴滴答答地流，身后留下了一串湿漉漉的脚印。化险为夷之后，内心竟然有一丝窃喜。

在这条河里，我始终没有学会游泳。

原因很简单，胆子小。

我记得我爸当时看我在那里胡乱打水，笑着说："你这样怎么学得会游泳呢？"

有一点儿受挫，但同时，心底里对自己说：我一定要学会。

上大学后，那年的夏天，我和最好的闺蜜一起去华师对面的武测游泳。

一个帅气阳光的男生对闺蜜很有好感，他是这个游泳池的救生员，自然就当了我们的临时游泳教练。

在那里，我第一次学会了在水里憋气。

然后，第一次感受到了自己的身体打平之后是可以浮在水面上的。

有了这两点自信，那个男生又讲了自由泳的要领，手与腿的配合，我就开始尝试，在一个半径 2 米的范围内扑腾。

那真的是重要的一课啊。

遗憾的是，就在那个夏天，我毕业了。

我记得在我的毕业纪念册上，那个男生写道：可惜聚散匆匆，如果再给一个月的时间，我一定可以教会你自由泳。

他和我的闺蜜之间的朦胧恋情也因这聚散匆匆没来得及发展就很遗憾地结束了。

若干年后，聊起校园往事，闺蜜对我说："我还记得他给你写的那段话。"

我笑："你更记得的是他。"

年轻时的每一个日子都闪闪发光，如那露天泳池水面的点点波光。

再次走进游泳池，是两年后，在武汉体院的游泳馆。

当时，我因为工作需要，经常去小何村附近的荣校邮政所，在那里认识了三个女孩儿。领头的叫秀，一个东北女孩儿，父母都已离世，她跟着姐姐到武汉，当时在邮局实习。她并没有住姐姐家，而是自己一个人住，她皮肤黝黑，言行不拘，身上有一股野气。我有些欣赏这样的野气，因为这是一般女孩儿尤其是我身上缺少的。另外两个女孩儿是邮局张师傅的女儿，张师傅长得特别像武汉作家池莉。那姐妹俩也很漂亮，只是我忘了她们的名字。

有一个周末，秀来喊我去东湖游泳。我说："我不会啊。"她说："我教你。"

然后，我们就去了武汉体院，在那里，我温习了一下在武测游泳池学到的基本功，然后在秀手把手的指导下，可以游五六米了。

她说："可以了，你就这样练吧。你只要记住，当你的双脚不停地划动，双手不停地划动时，你就一定不会沉下去。"

然后，会游泳的她们就往深水区去了，我一个人在浅水区扶着池中的浮标慢慢地练习。

双脚不停地划动，双手不停地划动，果然，真的不会沉下去。

但是也前进不了几厘米。

"这就叫踩水。"秀告诉我，"会踩水了，那你掉到水里就不会淹死了。"

好像是为了验证她的这个说法，一周后，当我跟着她们仨到体院后面的东湖玩时，张师傅家的小女儿冷不防地从身后将我推到了水里。

我一下子沉到水底，眼前一片茫茫大水，听得到水流声，水泡泡从我的身边一串串地冒起来。那一秒钟里，我真切地理解了一个词——灭顶。

我惊恐万状，挣扎着从水中冒了出来，她们仨在上面笑，然后秀伸手将我拉了起来。

"你怎么回事？我差点儿淹死了！"我冲妹妹喊，很生气。

"可是你没有啊。"妹妹笑着说，一脸调皮，"现在你不用怕了吧。"

那天我呛了几口水，但是神奇的是，对于水的恐惧好像真的减轻了。因为，我体会到了，只要我在动，我就一定不会沉下去。

为了真正学会游泳，防这样的"黑手党"，后来，我一个人去体院游泳馆，我学习着让自己游得远一些再去拉浮标。

我要感谢那些浮标。有一次，我一边拉着浮标一边用双腿在身前打水，并试着把腰放平，就在那个瞬间，我找到了仰泳时的身体感觉。我又配合以手臂的划水，就这样，我几乎是无师自通地学会了仰泳。

那是一个神奇的时刻。

后来，就有了真正的东湖里的游泳。

也是周末，秀、张家姐妹俩，还有我，一人骑着一辆自行车，戴着帽子，包里装着水和饼干，到了八一游泳池。

那里人太多，我们就去了更远处，找一处看上去安全的地方下水，然后沿着湖岸慢慢地游。

游累了就拿出食物来分着吃。

东湖真美，如果能做一条鱼在里面畅游该多好，可惜，我还是只能沿着湖岸，小心翼翼地游。

秀游得远一些，她冲我们笑，晒得黑黑的脸上，露出一口整齐的白牙。

那般年轻的我们，在夏日艳阳下都是不抹防晒霜的，甚至都不知道世上有此物，被晒脱皮了，也只当是好玩。

第二年，我工作的单位搬到水果湖，遇到秀以及张家姐妹的机会越来越少。

此后很长一段时间，我几乎没有游过泳。

生完女儿后，虽然恢复得不错，但还是胖。

某一天，无意中得知在离公司十分钟路程的水科所有一个室内游泳馆，我就决定去游泳，既能打发中午时间，又能减肥。

每次都是在午饭之后，走到那里，游上半个小时四十分钟，然后换衣服，回单位上班。

可以说，我是在这个游泳馆里开始享受游泳这件事的。我不再考虑自己的游泳姿势对不对，不再给自己定这次我要游多远的目标，我只是一点点儿地游，累了就停下，一点点儿地找感觉，鱼的感觉。

有一次，一个虽然不知名字但脸熟的同事对我说："看你游得好轻松。"

"其实我也是很用力游的，只是看上去轻松。"我笑着说。

午间游泳还有一个好处，就是室内泳池的水温低，在这里游完，感觉身上的暑气都被水吸走了，回到没有空调只开电扇而且还西晒的办公室里，一个下午都不会觉得热。

那样坚持了一个夏天，我基本上恢复了生育前的修长体形。

所以，以后，只要谁向我咨询产后减肥，我都会给她推荐，去游泳吧。

后来到杂志社工作，搬到卓刀泉，再后来到马家庄，正好在武汉体院对面，我也曾想要不要故地重游一下，终是没有。

离这次办卡最近的一次游泳，应该是 2013 年的夏天，我在英东游泳馆办了一张次卡，没有用完，因为去那里开车也得三十分钟，遇到堵车远远不止，总之太不方便了。

当然，我只是在给自己找借口。

我只是懒怠了。

但有的时候，我会梦到我在游泳，而且就在家乡的那条河里游。以前战战兢兢不敢下水的我，在梦中划动手臂，双腿击水，游得如鱼一般轻盈、欢畅。我是喜悦的，因为那个当年对爸爸的预言心怀不满的小女孩儿终于学会了游泳。

但是，内心仍然还是有点儿恐惧的，我不敢往河的中间游。

人生不过也是一次漫长的泅渡，从此岸到彼岸。泳技不佳的我，深知自己内心的恐惧之所在，而且也接纳了自己的这份恐惧。

今天，当我重新回到游泳池时，我把身子扎进水中，伸开双臂，划水，收拢，再划。我听着耳畔的水声，感受水对我的托举，感受水从我周身漫流而过。

我感觉到我的身体像鱼一样轻盈。

我仿佛变成了鱼，潜回到了记忆的深处，看到了那个畏水、亲水、离水、回归于水的自己。

从一条跌跌撞撞的鱼，到一条悠游自在的鱼，隔着三四十年的时光。

真的很感慨。

总归，我是在游泳中，学会了游泳。

而人生，不也如此？

鱼，是天生会游泳的。

而我，则是在游泳中学习做一条鱼，以及，那个天生的我。

你的名字

若干年前，在电话里向一位作家约稿，聊了一会儿，他文绉绉地说："请问芳名？"

我告诉他我的编辑名："绿茶。"

"你得告诉我你的真名，你身份证上的名字。"他说，"一个人的名字可以让我大致知道这个人的年龄、身世以及个性。"

他并没成为我的作者，但他的话让我对人的名字产生了关注。

名字真的很重要。

基本上可以从一个人的名字推测这个人的出生年代，家中排行，父母的文化底蕴。

所谓身世，是从名字开始的。

因为名字是他生命中收到的第一份礼物，其中自有寓意。

我有一个大学同学，他的名字很有意思，梅竞存。

梅是梅花的梅，竞是竞赛的竞，存是存在的存。

梅竞存，有几分锐气的一个名字。

但是，如果只听其音，不知其字，那么这三个音可以由不同的同音字或音近字组成极丰富的组合，且每一种组合，都有意境上的不同与反差。

梅竞存，是千朵万朵争奇斗艳的花朵中最倔强、最努力、最执着的一朵。

梅竞存，是讶异的，好像是在花事荼蘼或者遭遇风雪碾压之后还能看到那不曾凋谢、倔强盛开的一朵。

梅静澄，安静澄明，如明月当空。

梅静尘，有着繁华落尽后的安宁，是开到荼蘼后的淡泊。

梅静成，低调，坚持。

梅静存，暗香浮动。

梅静呈，镜中花、水中月的感觉。

梅镜呈，一帧书画小品。

梅镜尘，明镜亦非台，何处惹尘埃。

……

汉字音形义的多变，以及不同的组合可以营造怎样丰富的意象，或繁或简，或诗意或禅意，由此可见一斑。

大学毕业若干年，我们有过两次同学聚会，这位梅竞存同学都缺席，只大致知道他在武汉近郊的一所学校当老师。

我并不知道他现在的生活状态与哪一个名字更契合。

但我知道，人生的种种况味，大抵都已在他的名字中写就。

当我对自己有意见时

闲时看书，作者讲她的一段经历：她每天出门都会遇到坐同一辆地铁的同龄女子，因为偶然的交谈，两人成了朋友，但是后来，作者开始回避那个女子。原因很微妙，并不是不喜欢她，而是因为，那个女子每天出门时都衣妆俨然，而她自己出门时往往一副潦草样子。所以，当两个人热情地挤坐在一处，亲切地聊天时，她自己在心里会一直嘀咕着自己浮肿的眼皮、难以想象的脸色、色调搭配不当的衣服……所以，她写道：我坦白招认吧，有两次我躲在大柱子后面避开了邻居……亲爱的邻居我很喜欢你，我对你一点儿意见也没有。如果有一天你发现我在你身后躲躲闪闪，那不是你的问题，那是我对我自己有意见。

看到这里，我不由得笑了，这般微妙的心理，我也曾有过啊。

当年大学毕业的第一份工作，很不理想，已经打定主意要离开，只是不知道去哪里。很茫然也很苦闷，内心焦灼，外表装着若无其事，周末宅在宿舍玩自闭。

一个周末，我大学时代的三位朋友一起来找我。他们也是我的老乡，有一个已经工作，有两个还在读研。不知道他们是怎么打听到了我所在的单位，居然找到了这个偏僻之地。当他们出现在我的面前时，我非常意外。

我把他们请进我与人合租的房子，让他们坐下，然后，我发现自己的宿舍家徒四壁，没有什么可以拿出来招待他们的，别说瓜子水果什么的，我连一瓶热水都没有。于是，我跟他们说，我去买点儿水果来，你们等等。然后我就出去了。

附近没有水果摊，平时总是一个卖水果的小贩挑着担子在那里逛来逛去。可是那天，总能看到的他却不知道晃到哪里去了。我等了半天也没有见到他，只好买了几瓶饮料回宿舍。这时，时间已经过了一会儿了。

然后，我看到我的朋友们都不在了，只是在桌子上留了一张留言条，说他们去另一个老乡那里了。

我的心里空落落的，一方面觉得自己怠慢了他们，同时又有如释重负之感。我发现，自己晃了半天不回来，其实潜意识里是不愿意回来看到他们。他们看上去都开心顺遂，前程似锦，而我一副失魂落魄的样子，我不想被他们看到。

再后来，参加过好几次同学会，感触更深，积极号召与参加的往往事业生活都春风得意，缺席或者是沉默的往往有这里那里的不如意。

人总是愿意与人分享自己的成功与骄傲，却只想一个人躲着舔舐伤口，这是人之常情。

后来回想起那天，其实我很后悔，不应该借口买水果出去的。我完全可以大大方方地请他们坐下，或者和他们一起出去找个地方坐一坐聊一聊天，也许那个周末会很愉快。

可是，没有，那时的自己真的很幼稚，内心也不够强大，完全没有学会如何从容面对自己人生的不如意，以为逃避就是最好的方式。

无独有偶，我的朋友则从另一个角度给我讲了她的一个小故事。

她有一个女友，个性有些孤僻。她总是努力地理解女友，才让她们之间的友谊不至于掉链子。

有一天，朋友在一个酒吧里和一帮客户小聚，突然看到了女友，过去跟她打招呼，可是，女友坐在自己的位置上，屁股都没有挪一下，一副不太想理她的样子。

朋友非常生气，觉得她太骄傲，太不够意思，太不懂礼貌。

为此，两个人之间冷淡了很多。

后来有一天，女友请她喝茶，然后讲起了那天的事，其实当时的她失恋加失业，非常消沉，甚至有些厌世。看到朋友意气风发的样子，觉得自己太晦气，不想过去，也不想让她知道。

她并不是出于骄傲或者清高，恰恰相反，她是因为自卑才不理朋友的。

这一番伊人自述让我的朋友恍然大悟，原来是自己当时会错了意。

这是生活中微妙的小道理，是人心底的一份曲折。

所以，如果某一天我们在路上邂逅，如果我脸上有回避之意，请不要对我太热情，你的热情，会触疼我的心结。

给自己写遗嘱的人

某天，在杂志上看到一则征求遗嘱及讣闻的文字，标题是"你准备好了吗"，内容如下——

也许你正年轻，貌也美，爱情、事业都得意。

也许你宿疾纠缠，了无生趣。

也许你家财万贯，儿女成群。

也许你无产、无业、无所羁绊。

但是，你也知道：

许多事情总在意料之外，总让人措手不及。

想说却一直没有说出口，

想做又老是没有时间做的事常在心头徒留遗憾。

如果能够早一点儿准备好，早一点儿安排妥当，

当你终于要合上最后一眼，

遗憾总是能少一点儿！

请寄给我们你的遗嘱或讣闻。

看到这里，我的心中不由得一颤，平时我们是忌讳与人谈及生死的，除非是在某些突发性的灾难面前，才会与身边的人感叹一下世事无常，然后祈求上苍保佑自己。但是时过境迁之后，却很少将这样的灾难与自己联系在一起，总觉得多少有些晦气，更遑论在生前便安排自己的身后事。

　　这本杂志以这样一则启事，这样一组策划提醒它的读者，生死无常，未雨绸缪，无疑具有前瞻性及前卫性。

　　我细看了这则征文之后的两则遗嘱以及一则讣闻。

　　方伊驿的遗嘱：

　　　　我死后，器官捐赠给需要的人。

　　　　遗体火化之后，骨灰撒在太平洋。

　　　　我的遗物交给妹妹，你是我最放心不下的人。

　　　　我希望你以后能像现在一样，继续跳绳，保持身体健康。

　　　　这样才能帮我照顾我来不及照顾的爸、妈和小狗毛毛。

　　　　我的丧礼只需要邀请我最好的朋友（妹妹知道）。

　　　　丧礼上放颓丧的爵士乐。

　　　　我的朋友们，你们无须哭泣。

我既是你们的好朋友，就会一直在你们的心里。

阿衣，你是我一生中最爱的人。

你过去一路坎坷，我却无法在未来陪伴你。

言难尽，你知我心。

在方伊驿的遗嘱中有那么多对亲友的安慰与嘱托，可见她的洒脱与热情，可见她对亲友的眷恋与对人世的牵挂。

田丽卿的遗嘱：

当我死去，火化后，请将骨灰埋在有很多树的花园里。

我的书、我的画全部留给田孟恒。我的美丽的长裙送给喜欢的人。

我曾经爱过的人、讨厌的人、骂过的人、赞叹过的人，我都是认真的。

亲爱的家人、亲爱的朋友，

认真地吃、认真地睡、认真地工作吧！

简短而又率性的文字，表现出主人的潇洒与坦率，大概她从事与艺术相关的职业。我喜欢她文字中的"美丽的长裙"，她的一生当是有无限的美与爱。看得出她也是一位敢爱敢恨的人。

龚卓军的讣闻：

　　《张老师月刊》编辑龚卓军，1995 年 7 月 1 日，因肝癌逝世于省立嘉义医院，享年 30 岁。

　　他生前工作勤奋，致力于田野采访及编辑写作。

　　人们会记得他关于台湾街头涂鸦的报道。

　　人们会感念他在《张老师月刊》的贡献与付出。

　　他总是那么耐心地试图与人沟通，从不轻易否定别人。

　　我们只能说，他显然爱别人甚于自己的肝。

　　丧礼将于海拔 1948 米的思源垭口举行，依他的遗愿，

　　骨灰将撒在浓雾氤氲的原始森林深处。

　　讣告中的名字分明有万丈雄心，可是，无常的命运却让他不得不终止他所钟爱的一切。这则由别人为他写的讣告中，我们可以看到怀念、惋惜、哀痛，也有对生者珍惜生命的劝诫。

　　短短的三则文字，三个与自己遥隔千里、素不相识的生命，以他们对人世最后的留恋与寄托牵动我的神经，让我想到生与死这样一个虽然沉重但是与每个人切身相关的

话题。

每一天，每一刻，每一秒，我们虽然活着，却又在走向死亡，总有一天，生将归于死。所谓向死而生，就是在知道自己最终必有一死时，把有生的每一天都过好吧。

所以，写遗嘱，并不是年老体弱、疾病缠身、生趣不多的人才需要做的事。其实我们每个人可能都需要提前为自己写好一份遗嘱，交代自己的身后事，只有这样，才会更懂得珍惜今天，把当下的日子过好。

有一个朋友曾经告诉我，他自从 30 岁以后，每年的年底都会给自己写一份遗嘱，遗嘱的内容会相应地有所改变。

他在公检法系统工作，见惯了人间的生死与变故，见多了人们在权欲与金钱面前的困斗、挣扎，以及尽享荣华富贵者与阶下囚之间的戏剧转折，遂有了自己的这个习惯。

我们多年没见面，但仍然是朋友，从朋友圈信息看，他现在一切都好。

他的那些遗嘱只是他办公室抽屉里的一张普通 Λ4 纸，是他对于自己人生的回顾与未尽事宜的安排。

我挺欣赏这种生活态度的，提前给自己写一份遗嘱，是对自己、对亲人朋友、对人生的一份总结与交代，它的诚意与深情无法用言语来形容。在遗嘱中提到的人和物，都是你生命中重要的、难以舍弃的，你把他们一一交付，有了这样的一份遗嘱，万一有个三长两短，也可以安然离开。

此时的你，岁月静好、现世安稳，但别忘了，为自己写一份遗嘱。

黑暗中撩亮你头顶的火焰

我和女儿穿过理工，往华师方向走，准备步行到广埠屯。

快到两校交界处，身后传来一个声音，似乎是在向我们问路。

我循声望去，看到一个小伙子，他有些怯生生地看着我们。

他肤色黧黑，眉宽眼凹，个子不高，年龄在二十岁上下。他穿着一件蓝白相间横条纹的T恤，长牛仔裤，T恤的下摆扎到裤子里，锃亮的皮鞋，背着一个鼓鼓囊囊的公文包。

"请问，华中师范大学怎么走？"他问我们。

我们告诉他怎么走。

他道过谢，一边往那道两校之间的铁门走去，一边扭过头来对我们说："这里的外国人真多啊。"

是的，刚好有几个黑人学生从那边过来。

毕竟，附近就是华师的国际交流学院。

我和女儿相视一笑，然后对他说："是的。"

那小伙子也笑，是惊讶的、兴奋的，目光又看向那几个黑人，似乎看到了一个新世界。

然后，他迎着那个令他惊奇的世界走去。

我跟女儿说："来，我们猜一下他的身份。"

他可能是今年参加了高考，并且即将前往某个城市读书的边远地区的孩子。

他对外面的世界的那份向往让他等不及九月开学，就自己先出来了。

但也有可能，他是一个打工者，好不容易有了一段空闲，出来旅游，看看外面的世界。而大学，是他一直心向往而身不能至的地方，于是，他来到这里。

至于外国人，以前只是在电影、电视上看到过，这次得以亲见，自然让他惊讶不已。

他甚至还没有学会掩饰自己的惊讶。

这就是最本真的人。

人是要走出去的，尤其在年轻的时候。就像《天堂电影院》里的那位老爷爷对儿时的萨尔瓦多说："如果你不离开这里，你会一直以为这里就是世界的中心。"

是的，要走出去，要去经历，要去见识，你没有见过世界的大，就永远不知道自己的小。

但走出去也意味着你要经受更大更多、或好或坏的考验。

由眼前这个小伙子，想到了当年的我。

大学开学报到那天，是我第一次出远门，坐着长途汽车到了汉口，经过古田，再到武胜路，再过长江大桥，到傅家坡，至广埠屯。这个城市以它的博大、繁华、复杂、曲折、参差、陌生冲击着我的视野及心灵。

我贪婪地看着车窗外徐徐展开的一切，脸上一定有和这个问路小伙同样的惊讶。

及至进了校门，发现学校这么大，同学的口音这么怪，老师上课这般天马行空，图书馆的书那么多，会有一些心理上的眩晕。

然后城市也给了我一些教训。

大学毕业时，几乎就是告别学校的最后一天，在女生宿舍楼的公共水房，我的手表放我身后的衣服上，再转身时，它不见了。这告诉我，哪怕是在大学校园，也有小偷。而珍贵的东西，不能离开自己的视线。

找工作的时候，在公交车上，我的背包被小偷划了。当我把这个消息告诉家中长辈时，她说："你啊，还是个学生样子。小偷偷东西都是看人的。像你肯定是一点儿警惕性都没有的，人家就找你这样的人下手。"

这话提醒了我，以后再坐公交车，就多了一份警惕，一定记得用手护着自己的包包。

　　工作后，有一次，走在路上，被一辆自行车撞了。和我同行的同事自小在汉口长大，个性泼辣，她当时就对我说："你呀，点子低。告诉你，倒霉的事都会找那种点子低的人。"

　　落单的小羊吸引狼，弱者的气息吸引坏人。

　　身心贫弱时，易遭受更大的欺凌。

　　小时候在乡村长大，村头的一位老奶奶特别会讲故事。老人家年轻时和丈夫一起驾船走南闯北，见多识广，也积攒了一肚子的故事，尤其是鬼故事。

　　我们每次都缠着老人家讲给我们听，然后胆战心惊地走夜路回家。下一次，仍然忍不住又要找她听故事。

　　说到自己走夜路时的害怕，老人家曾经给我们讲过这样一段话："我们每个人的头顶、肩头各有一把火，一共是三把火，而鬼是没有这三把火的。火的明亮程度，是随着这个人的身心状态而异的。身体虚弱，性格软弱，内心总是摇摆不定的人，火焰就弱，就摇摇摆摆，忽明忽灭。鬼是看得到这一切的，它要不要欺负你，就看你头顶与肩头的三把火。你的火焰高，鬼就怕你；你的火焰低，鬼就欺你。"

　　老人家说："走夜路的时候，听到后面有奇怪的声音，不要回头，回头会把肩上的火弄灭。如果害怕，就挠几下头，这样头顶的火会更高。"

我一直记得这个说法，走夜路的时候，如果有点儿害怕，就会去摸摸自己的头顶。

我曾经在电话咨询中接待过一个女孩儿，她父亲突然失踪，母亲被黑社会的人追讨债务、欺负。这个原本柔弱温顺的女孩儿变得越来越泼辣强悍，像个假小子。

她说："如果我做林黛玉，那我就不要活了。"

固然心酸，但也为她点赞。

她就是不停地挠着自己的头顶，让自己头顶的火焰更高、更明亮一些的女孩儿。

行走在陌生且复杂的世界，总有迷茫的时候，此时不要慌张，你要定住神，学会做一个问路者。

但同时，也要知道这背后的暗黑潜流，在你觉得不安的时候，挠挠头顶，让自己头顶的火焰更旺一些。

叁

我所看到的生活

欢迎来到没意思站台

一位朋友，曾经是同行，做了多年纸媒编辑。现在，趋势之下，她供职的杂志停刊，改做新媒体了。

之前的某一天，和她聊天，她告诉我，她们公司在裁员。

我说："争取别被裁。"

她说："其实，作为一份工作，如果单单只是为了工资的话，没什么意思。"

这话有道理，曾经我也这样认为。但是，现在，我觉得重点不在工作，重点在，什么样的工作有意思。

有一个大姐讲过她的一段心路历程。

她在单位从事行政工作，每年的年底，要写年度总结报告，而且一定要在指定的时间内上交到上级主管部门。

那一年，她为了完成那份报告，不得不在单位加班。这时，兄长打来电话，说父亲病倒，让她赶紧过去看看。她说，把这个报告弄完了就过去，最多半个小时。

因为核实一个数据，多花了半个小时的时间。前后不过是一个小时的时间，她错过了挽救父亲生命的最后机会，父亲因为药物过敏而去世。

　　而她，曾经当过护士。

　　她流着泪说："如果我当时在场，绝对不会让这样的事情发生。"

　　为了赶一份年终总结报告而没有见到父亲最后一面，这是她一生的悔恨，她由此憎恨那份工作。她说："我知道，那份报告最后会跟所有以前我撰写的那些材料一样，被打印，存档，蒙上灰尘。它们有什么价值？尤其是和父亲的生命相比，它们有什么价值？父亲是唯一的，从此，我成了一个没有父亲的人。这种伤痛，难以愈合。"

　　她不想再写那样的公文，不想再做那份工作，最后，她提前退休，开始做与人打交道的工作。与真实的人心灵相触，让黑暗中漏进一丝光，在她看来这才是真正有意义的事情。

　　那天的最后，我对朋友说："其实，人生便是和没意思斗劲。"

　　过了一会儿，她回我说："这是金句。"

　　每个人都有自己的局要破。

　　没意思这个局，可能是人生最大的一个局，它涉及的其实就是最基本的人生观的问题，生而为人，你想要怎样的人生？

工作仅仅是一个方面，除此之外，还有婚姻、家庭、情感、子女。总有那么一个时刻，低潮来临，让你觉得，没意思透顶。

曾有在我看来职业高尚，活得滋润无比，光鲜亮丽的前辈，于某个自己的低潮期对我说："绿茶，其实，人生没意思。"

但是，仅仅是那一刻的感慨而已。以后再遇到，她又鲜衣怒马，笑语人生。

就这样，也很好。

说到底，我也不是多么乐观的人。哪有那么多人是一天到晚活得兴致盎然的？很多时候，"没意思"三个字会像雾霾一样弥漫心头。

可是，终归还是要活下去。

想要活得好一点儿，就和没意思斗斗劲，用自己的方法来破这个局，从生活中找到一些乐趣，自己赋予生活一些有意思。

就像一次长途旅行，有的时候，我们会来到一个叫作没意思的站台，这时，不妨停一下，盘桓片刻，然后上车，继续往前走，下一站，也许有惊喜。

三个人的四年

周末，去武汉美术馆看了一场展。

那里的"净土风物：《亮宝节上的人们》创作研究展"到了最后一天，周一就要撤展了。

我此前并不了解画家许海刚先生，看了简介才知是湖北美院的老师。这幅历时四年完成的水彩人物画于2014年获得全国美展水彩水粉画作品创作奖金奖。

为了创作，他三进甘南，近距离观察藏民生活，做了大量的采访，对藏族文化探寻、了解、实地考察，搜集素材。展览中有他所画的无数幅素描、所写的日记、他的行程图、带回的实物，以及这幅作品从草图、色稿到终稿的全过程。

影像室循环播放他在亮宝节上拍的视频。上面的人们衣着鲜亮，表情祥和，看着很喜悦、舒服。

展柜里有一张巨幅照片，在上面，我看到了在拉卜楞寺前叩长头的人们。

刚好在前一天看了电影《冈仁波齐》，对那些在雪水泥泞甚至是河道中都一直磕长头，走在朝圣路上的人们，真的心怀敬意。

他们心中有信仰，一旦踏上朝圣之路，便心无旁骛。无论是多么恶劣的天气，遇到怎样的意外，都会逢山过山，逢水过水，一路向前。

美术馆同期展出的还有两个展，"积墨成章：武汉美术馆藏湖北水墨作品展""春风拂面——写生季第二回·在青州"，也很不错。

揣摩画家的构图、墨色，感叹自己画画总是不得其法，还是练少了。常说自己在学画，却常常十天半个月都不摸一次画笔，真的是叶公好龙，虚有其好。

看了许海刚的展，看到这四年里他所做的功课，想起前天在文章中看到的，陈方安生的母亲传奇画家方召麟在英国时每天四点就起床画画，一生画了上万张画。

钦佩之余，心生惭愧。

艺术家创作作品的过程，其实也是他自己一个人的朝圣之旅。

因为他们把艺术当作自己的信仰，所以会有这样的坚持与执着，进而终得正果。

难得来一次汉口，看完展，在离它不远的物外书店看了会儿书，然后决定去艾小羊的"清唱"。她是我原来做杂志编辑时的作者，我们断断续续地有联系，早知道她在汉口开了一家咖啡屋，一直说要来，却一直没有来。难得今天心情闲散，决定找过去。

因是临时起意，并没有提前告知，但幸运的是，她刚好在店里。我一进去就看到她在吧台里忙碌，从前的长发剪短了，更显干净利落。

她是真正的美女，人到中年依然能保持轻盈苗条，实属难得。

看她在不停地忙着整理东西，她的女儿和女儿的小伙伴过来要饮料，要玩具，她跟她们轻声细语地说话，跟进来的人打招呼。

我参观了一下咖啡屋，面积不是很大，但是足够。靠墙整面的书架，吧台顶上也是书架，很特别。各种小摆设、插花，完全合乎我对她的咖啡馆的想象，尤其是进门的那个小院儿，虽然迷你，但像一篇文章那引人入胜的开头，吸引人往里面走。这是我所喜欢的，我曾经在自己的某篇小说里描绘过类似的场景。

我写在纸上的，有人变成了现实。

小羊是我认识的作者中最早做自由撰稿人的，当年从杂志社出来后，一直努力经营自己。才华加勤奋，让她拥有了现在的一切。

她一直有个开咖啡馆的梦，最初是在黎黄陂路开了一家叫"绿树知了"的店。后来转让，又找到这个地方，开了这家"清唱"。她一直不间断地写稿，做公众号，搞活动，做得有声有色。

因为请了人，她现在一周过来三四次，她先生下班后也过来帮帮忙。

看到了她的儿子。小伙子戴着眼镜，瘦瘦高高的，很清秀，也很有礼貌。

他笑着说："我长得不像妈妈。"

妈妈是美女，所以他说这句话时似乎是觉得有点儿小遗憾。

我笑。

"不过，你脸小啊。"小羊对儿子说。小羊自己是瘦削的圆脸。

那孩子也在店里帮忙，一看就是教养得很好的孩子。

看得出来，小羊现在的日子过得自在而丰盛，这样真好。

一个人心里有梦想，就去实现它，最终就活成了自己喜欢的样子。

从汉口回武昌的地铁上，手机收到快递短信。

我知道，是我订的好友惠雯的书到了。

晚上游完泳后，去小区门口的快递箱拿到那本书——《禅心禅意过一生》。

回家拆了包装，看到了书，封面装帧很精致，喜欢。打开书，掉落好多东西，原来是随书附赠的弘一法师手书的《心经》，几张"萌萌哒"的小沙弥的照片。我把它们都放在桌子的玻璃下，光是这画面，就让人心生清凉。

惠雯也是我身边活出了自己风格的人。她很能干，热爱旅游和美食，曾经做过旅游杂志的主编，曾办过一个很不错的美食网站，后因自己的信仰而关闭了那个网站，致力于佛教文化的推广，曾任正信杂志编辑部主任。

我在她的美食网站活动中学会了做蛋糕。

跟她的旅游团队去过黄梅五祖寺。

现在，如果我打算周边短途旅游，一定先向她咨询。

她也是一位资深茶人，经常受邀在高校举办茶文化讲座。我喝过的最尽兴的茶，是几年前，在她当年的一个小茶室。不过，最近她的茶室有了更大的空间，她已邀请过我，哪天我要拿着她的新书到她的新茶室蹭茶喝去。

她在文章中写过，之所以出这本书，缘起于四年前，当时与她的好友沈嘉柯一席谈，有了灵感，接受邀请，开始整理文稿。

许海刚用四年的时间创作出一幅可以传世的作品。

小羊用四年的时间打造出一间有自己风格的咖啡屋。

惠雯用四年的时间有了自己的茶室，出了一本书。

我在一天之内，看到了三个人的四年，丰盛圆满，真好。

有人说，种一棵树最好的时间，不是十年前，而是现在。

我，决定也跟自己做一个四年之约。

从现在开始。

礼物一定要在第一时间打开

那天整理厨房，在置物架上发现一个袋子里装有东西，拿出来一看，是两条干鱼。突然想起来，那是去年夏天收到的，一条鱿鱼，一条鲔鱼，是一位某个海边城市的友人寄来的礼物。

当时忙着其他事，就把它们放在了置物架上，以至遗忘。

我看了看上面的说明，再过一个月，它们的保质期就到了。

赶快"百度"了做法，把鲔鱼在水里泡发，洗净，清蒸，可惜咸得就像一块盐，只好忍痛扔掉。

倒是那条鱿鱼不负我望，我将它剪成四等份，用水泡上一天之后洗净，切成丝后干炒，味道不错，女儿吃得津津有味。

我告诉她："你差点儿吃不到这道菜了。"

女儿问为什么，于是，我跟她讲这鱿鱼的来历，以及差点儿被我放过保质期。

"妈妈，你不知道吗？礼物要在第一时间打开的。"

"哦，为什么？"我问。

"电影里都是这样的。圣诞节或者生日的时候，如果有人送给小朋友礼物，大家都是马上拆开，然后，大声地叫道：'哇，好漂亮，我好喜欢！'"女儿歪着头，抱着手中的碗，夸张地模仿着电影里的镜头。

我笑了，真的如此呢。

可是自己为什么没有这样的习惯呢？

仔细检讨自己，发现自己真的是一个喜欢放置与等待的人，对很多人和事，虽然有心，也有热诚，却不是主动去亲近、靠拢、争取的人，结果往往就错失了良机。

无独有偶，朋友讲了一件儿时往事：80 年代，物质匮乏，于是大力宣扬节俭，很多人便以节俭得近乎自虐为美德。她的母亲就是其中之一，但凡亲戚互访送来的食物，都要放一段时间再吃。某一天，她的舅舅送来一盒用铁皮桶装着的点心，对这盒点心，她早就馋涎欲滴，可母亲就是不拿出来吃。一个月后，饼干桶终于被打开，欣喜的她包括母亲都呆住了：都以为那是可以存放很久的饼干，没想到是保质期才几天的蛋糕，那些原本诱人的蛋糕长出了令人恶心的绿毛，只能一扔了之。这是一盒蛋糕的悲哀，也是一个小女孩儿的伤心往事，她说，为此她也曾对母亲暗暗生恨。

于我心有戚戚焉。

记得在我十岁生日的时候，母亲用当时最好的面料为我做了一件粉红色的衬衣。我非常喜欢，但是，觉得它太过美丽醒目，觉得放旧一点儿穿可能更自在。于是，我很少穿它，只是偶尔穿一两次。十来岁的女孩子正是长个子的时候，那件衬衣在第二年还可以穿，到第三年就明显地短了，只好把它折好放到了箱底，不是没有遗憾的。

虽然坊间流传着一个著名的糖果实验，向人们宣扬延迟享受可以让人更容易获得成功，但历经世事之后，我发觉，太辛苦得来的成功，会因其辛苦而抹杀成功带来的喜悦。有时候，延迟享受，并不能延长享受，反而是错失。

所以，以后但凡谁送我礼物，我一定在第一时间开封、享用，然后告诉他我对这礼物的感激与赞美，绝不延迟半分钟。这是对人的礼貌，也是对礼物的尊重。

一衣一食，失去虽可惜，毕竟还有重新拥有的机会。在我们的生命中，最痛心的错失，往往有关爱情。

当真爱来临，激情澎湃于内，可是，却提醒自己，就像打铁需要淬火一样，奔放的感情往往也会烫伤自己，最好是冷却一下，不要过急。

爱的独白如雨水般充盈于心，但是却说不出口，总想着，也许下次会有更合适的机会，更好的情境，既能表达，又不失女孩子的矜持、自尊。

或者以为，时间可以考验真爱，再过一个月、一个季节、一年，如果我还爱他，那就是真爱。

结果往往是，两个人错身而过——因为这种种的迟疑与延宕，感情渐渐地变淡、变质，就像长期放置的食物一样，不得不丢弃。

也许每一对夫妻之间都有一小时时差

在等待调解开场的间隙，和罗老师聊天。

罗老师一直坚持在朋友圈里每天早上发一个早安图片，精美的图片上写有中文"早安"，以及马来西亚语的"早安"——史拉马巴吉。

她选的那些图片很不错，我问她都是从哪儿弄来的，怎么想到要每天推送一个这样的早安。

她说主要是为了推广她现在和马来西亚那边合作开发的一个新产品。产品不久就要上市了，她更是加大了推广力度。那些图片是她用心从不同的地方搜集来的，然后加上自己的后期处理，配上文字。

她笑着说，这就是病毒式营销。我不管别人喜欢不喜欢，我就把我想要表达的东西先发送出去。

我也笑了，想起自己刚开始在朋友圈发公众号文的时候，总是要与自己的内心做一场小小的斗争。有的时候，甚至是跟那个拘谨羞涩的自己赌气才咬牙发出去的。

她告诉我，为了更好地存储和处理图片，她特意买了一个内存128G的新手机，下载了她觉得非常好用的一款相机软件。她大力向我推荐那个软件，她朋友圈中发的几张令人惊艳的图片，都是用那个软件处理过的。

聊得兴起，我们一起看她发在朋友圈的那些图片。

那些图片随着她手指的滑动——出现，她给我一张张地讲它们的来处，她当时选择的理由。

每一张早安图片后面其实都有故事。

有她从朋友圈中收藏的，有她爱好摄影的先生拍的，也有她自己从时尚杂志上翻拍的。

这时，跳出来一张图片，是一对男女手牵手的特写，两只手上都戴着手表，情侣表。女子的手上还戴着一只手环，卡迪亚的手环。

"这是不是卡迪亚手表的广告？"

她笑着点头。

"图片很美。"我说。

她说："是啊，我在朋友圈里看到，喜欢这个手牵手的意境，就拿过来了。"

"对了，你看这个图上面有什么不对的地方？"她问我。

我仔细看了一下："没什么不对啊。"

"还是我家先生的眼睛厉害。他当时一眼就看出来，说，意境是很好，可是两个人的时间不完全一样。"

啊?! 我把视线焦点对准那两个表盘，果然，两块表的时针与分针并没有完全一致，男士的表是四点差十分，女士的表是三点差十一分。

"啧啧，你先生的观察力怎么这么好?"我说。

曾经做过文字校对的我，对于文字的纠错能力尚可，但是对于图片，我还真的没有发现这微妙的但是对于一个手表广告来说其实是致命的错误，而且，再细看，我发现男士的腕表戴在左手上，表盘方向明显不对。

罗老师笑着说："我先生是典型的处女座，做事总是追求完美，擦个桌子都要侧头逆光看上面的灰抹干净了没有。"

"我也会这样的。"我说，"我挺欣赏这样的人。"

"可是我跟我们家先生性格不一样，我是比较粗线条的人。"罗老师笑着说，"所以一开始我还真有些不适应，有时候觉得他太过细了，太较真了。但是，现在我发现，这其实对我是有好处的，像我这样粗枝大叶的人，有了他的提醒，现在变得细心多了。所以我非常感谢我先生。"

我笑了，我欣赏她这样的态度。

有幸听罗老师讲过她的创业史，她早年做会计，后来经营一家婚庆公司，同时开办婚姻课堂，服务于婚姻关系紧张、个人成长受阻的一部分人群。她非常勤奋，并且不断突破自我，是一个有胆量、有智慧、有行动力的女人。两年前她开始着手做生物美容类产品，整个过程她都亲力亲为，连产品的宣传都是她一手在做。就像每一张早安图片后面都有故事一样，事业的每一步推进后面都有艰辛，但是她做到了，并且还在继续开开心心地做下去。

真的不容易。

她能有现在的成绩跟她这种虚心好学，懂得欣赏、配合他人的态度密不可分。

无论是夫妻还是同事、朋友，一个人若能放下自己的成见，看到对方身上的优点，并且学习之，是谦逊而且有智慧的。

在调解现场，我看到了太多对自己的伴侣挑剔指责最后把日子过得一地鸡毛的夫妻。其实，对方真的是一无是处吗？非也。

世上没有两片完全相同的叶子，更没有所思所想完全一样的人。就像每个人手表上的时间也许是一致的，但每个人对于时间的感受却是不一样的，每个人的心理时间会存在差异，尤其是在男女之间。

允许彼此之间的心理时差存在，也许是让婚姻走得和谐幸福的关键。

悲伤的时候应该是怎样的

有一天，看到一个中年男人用很鄙夷的表情谈到自己的弟弟。

他的弟弟是跟着他一起从外省到武汉来做建材生意而发家的，后来兄弟俩因为利益上的冲突而不和。在哥哥看来，他的弟弟性格软弱，做事没有魄力，不像个男人。

然后，他讲到了一件事。

那年，弟弟的家庭突然发生变故，儿子跳楼自杀，弟弟自然是伤心欲绝。

哥哥说："作为孩子的伯伯，我当然也很伤心，到他家里去，我们是想安慰他。提到孩子，他也哭，但是，这时，当他看到地板上有谁掉在那里的一片纸屑，他就一边哭一边去捡。"

"这真的是让我不理解啊。"哥哥痛心疾首地说，"我们都在为孩子伤心流泪，可是他还看得到地板上的纸屑，他就容不得屋里有一点儿脏。"

兄弟二人是性格迥异的两个人。哥哥粗犷强势，弟弟懦弱忍让，从这样的一个细节上就可以看出两个人截然不同的个性。

在哥哥看来，在如此悲伤的时候，那地上的纸屑就别管了，让它待在那里，地板脏就脏点儿，怕什么。在他看来，比起悲伤，地上的纸屑是浮云。

但在弟弟看来，悲伤成河，这纸屑也许就是河面上的一块浮木，他想捞起来。把纸屑捡起来扔到垃圾桶里去，这样清理的过程也许可以让他自己好过一点儿。

作为旁观者，听到这里，我突然想起很多年前看过的一篇俄罗斯作家写的文章。当地一位农妇的儿子因病去世了，贫困的农妇很伤心，但是葬礼过后，她还是流着泪，一口一口地喝着白菜汤。一位贵妇看到了，说："天啊，这个时候你还喝得下去汤？"贫困的农妇则说："不管怎么样，我得活下去啊，而这汤里是放了盐的。"

这样一个小故事，令我记忆尤深。生活对农妇何其菲薄，死亡与活着之间所隔不多，也许就是一碗热汤而已。而她，一定要喝下去。她珍惜这汤里的盐，她喝下这碗白菜汤，这过程中，一并咽下的就有她的悲伤。而在贵妇的眼中，只看到了农妇在喝汤。

人太渺小，一生短暂，人和人的世界，其实也相隔遥远。我们都不能理解别人的悲伤。除非，我们有和别人一样的经历、处境、性格。

每个人在悲伤的时候都是不一样的，痛哭一场，疯狂购物，大吃一顿，去听一场音乐，来一次说走就走的旅行，找朋友倾诉，或者，像临终的大象一样躲到世人不知的角落里……

　　一个人千万不要以自己的标准去评判他人的对错，别人有权利按自己的方式接受自己的厄运，表达自己的悲伤。也许在你看来他行事乖张，但其实，他不过是在用自己独特的方式掩埋悲伤。

不妨走一走盲道

以车代步之后，走路的机会少了。偶尔，走在街道上，我会关注路上的盲道。

如果前后左右人不多，我会走到盲道上，感受一下脚底路面与其他路面的不同之处。

我喜欢走盲道。

走在盲道上，用脚去踩踏的力量会不由自主地用力一些，踏实一些。我走几步后就拐到旁边的路上，走几步之后，再回到盲道上，想象一个盲人怎么用自己的触觉努力捕捉它和其他路面的区别，从而判断方向，避开路障。

说实话，盲道在我的脚下并没有多少异样的感觉，也许是因为我没有那么敏感的触觉，也许是因为我睁着眼睛在走路，而一个睁着眼睛的人是无法想象盲人的。

十多年前，我曾经参加过一个心理辅导培训班，当时有一堂体验课，就是两人搭档，一个扮演搀扶者，一个扮演盲人。那天，我扮演的是盲人，由我的搭档带着，我们一起走出教室，在附近的楼道游荡了半小时。

我到现在都记得当时的体验。

那半小时是那么漫长，那段路走得那么艰难。虽然知道身边有人搀扶，虽然我也知道那只是一堂体验课，不妨当作一个游戏来玩。但是，我入戏了，在"失明"所带来的黑暗中，那种深深埋藏在心底的无助感油然而生，攫住了我的全部身心，我觉得自己是一个真的盲人，那种恐怖、悲哀和自怜，让我抑制不住从小声啜泣到最后泪流满面。

那堂课唤醒了我身体里的某种回忆，让我看到了真实的自己，一个用勇敢、坚强掩饰内心恐惧的我，一个成人的身体里深藏着的无助的小女孩儿。

十多年后，我对自我的探索没有停止。我前行的脚步仍然会有试探、犹豫，但我知道，那个昔日的小女孩儿长大了。虽然她仍然偶尔会有无力感、无助感，但是，她靠自己的力量正在逐步强大，纵使在黑暗中摸索，她也不再畏惧。

一切只是过程。

也许正是那堂课的觉悟，让现在的我成了一个会关注盲道并且偶尔在盲道上体验触感的女人。我用这个举动，呼应多年前的自己，帮自己再一次认识自己，告诉自己如何面对恐惧，如何勇敢前行——就像盲人一样，用自己全部的身心，为自己寻找方向，一步一步地往前走。

一个人一生中真的应该像盲人那样生活一段时间，睁开眼，你会感谢并且珍惜你所拥有的，并且知道如何面对你人生中可能会遇到的至暗时刻。

人生别气馁

看了一部日本电影，以女诗人柴田丰老人为原型的电影《人生别气馁》，真的很好看，又有趣又励志。

柴田老奶奶的一生跟绝大多数日本女人一样，结婚生子，以丈夫和儿子为中心，做贤淑的妻子和慈爱的母亲。老伴去世后，九十多岁的她，在儿子的鼓励下开始写诗，写诗让她焕发了一种光彩，甚至有了恋爱的心情——她每次去医院时，都打扮得漂漂亮亮的，因为她的主治医生很帅，她很喜欢。

有一次，在候诊的时候，旁边的人叫她柴田奶奶，她说："不，请叫我丰小姐。"然后害羞地低下头，她此时的样子，真的可爱极了。

与她同时在那里坐等的几个老人都一脸惊诧又敬佩的样子。

看到这一段，我也笑出声来了。

她的儿子健一早年是个文学青年，后来从事过很多职业，基本上都不能长久，可谓一事无成，但是他对母亲很孝顺，最后是他的鼓励让母亲走上了写诗这条路。

他在报纸上看到，写诗可以让人心情愉快、身体健康。而他的母亲那时候心脏刚好出了问题。他就带着纸和笔到母亲这里来，让母亲写诗玩。在他的鼓励下，柴田丰老人成为一个大器晚成的诗人。她的诗集自费出版后，在日本引起轰动，成为畅销书，并且一再加印。

她的儿媳静子是一个既能干又贤淑的女人，总是她陪老人去医院，陪老人说话。婆媳间的那种友爱关怀，因为爱和理解同一个男人而成为彼此的支撑。

柴田奶奶一生经历坎坷，小时候就去给人帮佣，做小保姆，被主人责难时，小伙伴安慰她，要她不要哭，"蟋蟀不和爱哭的人玩哦"。

这就是诗性的语言啊，所以也入了柴田老奶奶的诗。

健一因为淘气闯了祸，害怕被父亲打，就爬在高高的电线杆上不下来，年轻的柴田丰怎么也劝不下倔强的儿子。这时，她的母亲看到了，就对电线杆上的外孙悠悠地说："电线杆越来越热了，你这是要把自己做成烤肉吗？听说你这个年纪的男孩儿做的烤肉最好吃了，可是我不想吃啊。"于是健一就从电线杆上下来了。

这些生动的情景，这些有趣的话语都被柴田丰写到了自己的诗里。

生活中美好的瞬间其实就是诗，如果你会捕捉并且记录它们，你就会成为诗人。

我想起我在某年某月某时曾立下宏誓要写诗，可最后不过也就是无数个美好而最终没能实现的愿望中的一个而已。

但我发愿的那个时刻，至少是我离诗最近的时刻。

孤独者是给自己砌墙的人

是过路车，又值春运期，对车上还有座位不抱太大的希望。但是，进了车厢，发现空座位还是有的，只是分散，而我们两个人想坐一起。

终于，看到走道的左边，二二相对的四人座上坐着一对年轻的男女，女的趴在桌上睡觉，男的坐在她对面，低着头假寐，一双长腿伸出来搁在对面的椅子上。

"这个位置有人吗？"我问那个男的。

他抬起头，瓮声瓮气地说："有人。"

是一张写明了"不欢迎"的脸，他的眼睛往走道对面一扫，说："那边也有空位子啊。"

有些不爽，朋友却拉了拉我，说："算了，坐这边。"

这边是三三相对的六人座，有三男一女坐在那里，正在打扑克。

见我们过来，他们分别往里面挤了挤，接着打牌。

我坐在一个女孩儿的身边，看他们边打牌边聊天，很开心、很投机。我有点儿奇怪，这四个人是怎样的关系？看上去极像是一起出游的朋友。但大过年的，一般不会此时结伴外出。如果说是亲戚，长相与打扮太不相似。

　　女孩儿很活泼健谈，她告诉我，她对面的那个男子是她的老公。她刚到他家过了年，现在一起回武汉。她老公笑眯眯地拿出一些橘子，分给大家吃。

　　大家吃着橘子，天南地北地闲聊，时不时发出一阵爆笑。

　　另一边的那对夫妻却悄无声息，两个人除了吃自己带的干粮之外，其余时间一直在小睡。女的趴在桌上，男的脚一直都直直地伸到对面的椅子上，偶尔有找座位的人过来，看这拒人千里的架势，还是走了。

　　有几次我们的笑声把那男子吸引过来，他好几次往这边看，想与我们搭讪，可是却找不着机会。

　　在他的脸上，我看到了一个画地为牢者的寂寞，他伸出的长腿为他俩圈了空间，但也隔离了他人。

　　车停广水站，拥上来一大批人，一名壮实男子走过来，一屁股坐在那个空座位上，然后把他的妻子招呼过来，动作连贯，行云流水，如入无人之境，那个男人瞪着眼，似乎不高兴，却也无话可说。

看到这一幕，我笑了。

所有的孤独者是为自己砌墙的人，用各种方式。有时，墙看似是被推倒了，但是，只要他内心的那堵墙还在，他将继续孤独。

每个吵架的人都看不到
自己的样子有多丑

那天带女儿出去吃饭，饭店的环境不错，有一长排靠窗的座位，坐窗边可以看到楼下街道口立交桥上来来往往的车，有一点儿他人忙碌我自悠闲片刻的放松。

点完菜后等待时，耳后传来一句透着霸蛮之气的标准汉腔："么样撒（方言，怎么了），凭么事（方言，凭什么）不能坐这里撒，这里又冒得（方言：没有）人！"

寻声望去，看到一位带着孙子的老太太坐在我身后靠窗的座位上，女服务员小心翼翼地向她解释："对不起，这个座位已经被人订了。"

"哄哪个撒，又没看到人。"老太太声音又大又响，仿佛炸鞭炮，有客人往这边看过来。

"客人给孩子过生日，他们点了菜之后到楼下蛋糕店拿蛋糕去了，一会儿就来。您看，这是他们刚下的菜单。"

服务员把手中的菜单给老太太看，客客气气地向她推荐餐厅中间的另一个座位，"您看，那边那个座位不错，您可以坐那边……"

顺着服务员的手看过去，那个位置也不错，只是不在窗边而已。

老太太却不乐意，理直气壮地说："我就坐这里，等人家来了我再让！"

服务员无语了，遇到这样的顾客着实有些棘手。

"阿姨，您这样也耽误您自己点菜啊。我们每一桌有一桌的号，我们不能用这个桌号来下菜单，您还是换……"

话没说完，老太太拍案而起："我带了小孩儿你没看见？"

"可是……之前的客人也带着宝宝啊……"

老太太怒气冲天："你怎么这么不会办事？他们回来了，你可以让他们换到另一张桌上去啊……"

"先来后到，是最起码的原则啊。"

"他们占个位走了就叫先来？我现在坐这里就叫后到？"老太太质问服务员，服务员看她不讲道理，摇摇头走了。

过了一会儿，老太太的女儿女婿过来了，老太太把刚才的争吵讲给他们听，于是变成一家四口声讨服务员不会办事。

我看着他们摇头，这时，女儿对我说："老妈，我记得你以前在餐馆也跟人吵过架。"

"是吗？什么时候？"我问她。

"好几年前，在小东门，你点的一个鱼头送上来后你说不新鲜，然后就跟人吵起来了。"

我想起来了。"当时没有吵啊，我只是告诉他们鱼头不新鲜，让服务员端回去给后厨的人，他们一尝就知道了。那鱼头确实不新鲜，所以他们就给换了一个新鲜的上来。"

我整个过程不过是有理有据地维权而已，事后，我很得意地对孩子和孩子爸说："顾客是上帝，我这样做一来是维权，二来也是帮他们改进服务质量，不要拿不新鲜的东西滥竽充数，欺骗消费者。"

女儿耸耸肩，说："但你还是吵了。"

"哦，是吗？我当时可能声音有点儿大吧。"

既然孩子这样认为，我想当时的自己大概和眼前的老太太一样，脸色难看，声音难听，要不然，孩子不会认为我当时是在吵架。

"最不喜欢看人吵架了。"女儿说了一句，"每个吵架的人都看不到自己的样子有多丑。"

我的心一紧，这是孩子的心声，何尝又不是我此时的感觉呢。只不过，当我觉得眼前的老太太一家无理取闹面目可憎时，完全忘了当年自己也有这样的时刻，好羞愧。

这时，我看向那家的孩子，他一脸呆呆地看着大人们在争吵，脸上的表情有点儿茫然。这大概正是当年女儿看我和人争执时的表情吧。出来吃饭就看到家人和外人的争吵，平时在家里是不是经常也看到类似的情景呢？耳濡目染之下，是不是以后也会变得说话粗声大气，遇事蛮不讲理？

我对女儿说："对不起，如果你认为妈妈当时是在和服务员吵架，一定是妈妈做得不好。"

女儿笑了。

这时，领班和服务员一起过来，领班询问情况，老太太将之前的话再讲一遍，她的女儿在一边附和。

服务员给领班展示了她手上之前一家人已经点好的菜单，这是铁的事实。领班再次做老太太的工作。她环顾四周想给老太太再找一个座位时，刚才还空着的位置都已经坐满了，毕竟现在正是就餐高峰期。

巧的是，订了此座的一对年轻夫妻抱着宝宝拎着蛋糕归来，他们看着眼前的一幕，完全不知道之前发生了什么。他们的宝宝比这家的宝宝还小，而且很明显是给孩子过生日，再不讲道理的人也应该知趣地走开了。

老太太的女婿挥一挥手，说："算了，我们到隔壁一

就这样，也很好 | **123**

家去。走走走。"

老太太不情不愿地站起来，气哼哼地走了，扬言以后再也不来这家了。

旁边的座位终于清静下来了，那家人坐下来，一会儿菜就上来了。他们安安静静地吃着，妈妈细声细气地提醒宝宝："吃慢点儿，小心汤不要洒到桌子上。"那个爸爸叫服务员上菜时都是"请"字开头，其斯文有礼和之前的那一家人形成鲜明的对比。

作为一个旁观者，我当然更喜欢这样的一家人。

吃完饭，从饭店出来，在隔壁的餐馆看到了刚才那一家四口，小孩儿的爸爸妈妈正在边吃边讲，妈妈正在激烈地说着，爸爸是似听非听的样子。老太太呢，脸上的表情依然是愤怒的，似乎她一直都在生气。那个小孩子先吃饱了，站在座位上往外看呢。我冲他笑了笑，他惊讶地看了我一眼。

其实，我是想对多年前的女儿笑一笑。

比赛的意义

周六下午，一时无事，决定去游泳馆看比赛——周四去游泳时得知随后三天闭馆，因为这里要做全国残疾人游泳锦标赛的赛场。

"比赛是对外开放的，欢迎来观赛。"当时工作人员对我说。

约朋友一起去，她因牙痛要去看医生，我只好一个人去看比赛了。

我去的时候已经开始比赛了，观众席基本坐满，我站在后排栏杆那里，静静地看。

男子 SM8 级 200 米个人混合泳的比赛，第一泳道的选手一出场就引人注目，他长胳膊长腿，身材比例非常好，只是少了左臂。

他的入水动作敏捷，很快就领先。在最后的自由泳环节，他就像飞鱼一样，打起一路水花，飞快地划动右臂往终点游去，观众席上响起一片掌声、喝彩声。

最后大屏幕显示，这位叫徐海蛟的浙江选手破了这个项目的全国纪录，成绩是 2 分 20 秒多一点。

我在手机上百度了一下。

果然有他的资料，徐海蛟，浙江萧山人，曾以 4 分 25 秒的成绩获里约残奥会 400 米自由泳 S8A 项目银牌。

我终于明白了他在最后冲刺时的王者之气来自哪里，那是一种志在必得的自信。

他在 8 岁时因车祸失去了左臂，当初也曾自暴自弃过，上初中时接触了游泳，并以试试看的心理参加了游泳比赛，没想到得了第一。区残联的人找到他，推荐他进入省体育局下设的少年体校，接受专业的游泳训练。

他选择了游泳，游泳也改写了他的人生。

他的训练比别人都努力。冬天，泳池的水很凉，除了冬泳的集训队员，没有别的运动员，他自觉地和集训队员一起训练。没有左臂，身体在游泳时会靠向右侧，他克服障碍，保持身体的平衡。他参加省市级比赛，斩获金牌无数。在第 9 届全国残疾人运动会上获得 2 金 2 银 2 铜，成为家乡人的骄傲……

真的令人心生敬佩。

同样也是 200 米混合泳，最后一名到达终点的选手游了 5 分多的成绩，但大家一样报以热烈的掌声，这是一位来自海南的选手。其实对于他，真的没有输赢，他能参加比赛，能坚持到达终点，已是赢家。

因为他战胜了自己。

看这场比赛，心灵受到震撼。

一直以来，残疾人的自强不息都是激励人们的心灵鸡汤。

多年前，我在镇上读初中时，有一段时间觉得特别幸福，因为学校每周的某一天会在晚自习的时候安排学生在校门口的电影院看一场电影。

别的电影我基本上都忘了，唯一忘不了的是那部《典子》。那个四肢残缺的日本女子凭借顽强的意志终于获得了独立生活的能力，行走人世，给了我极大的震撼。

我到现在都记得她用自己的脚拿刀切土豆的情景，记得她在朋友的鼓励下学会游泳的情景。

也看过尼克胡克的演讲视频，那个没有双手的人，做到了很多健全人都做不到的事，踢足球、游泳、冲浪，全球巡回演讲，激励了无数困境中的人。

而今天，我在现场观看一场残疾人的游泳比赛，我内心受的冲击，真比电影与视频给我的冲击要大得多。

因为近距离，因为全视角，因为真实。

电视或者电脑上的画面是经过剪辑的，即使是现场直播比赛，也不会把镜头给泳道之外的角落，而正是在那些角落里，才能看到残疾运动员们真正的不易。

盲人组的比赛，在他们快到泳道尽头时，裁判会用一根带着海绵头的长棍轻触他们的头，提醒他们注意不要再往前冲，注意触壁掉头。

坐着轮椅的运动员由两个志愿者协助，把他们推到泳池边，把他们从轮椅上抱起来，再放到水里。

有下肢完全失去活动能力的选手，他们要先到水里，助理握住他们的双脚，等裁判的发令枪响，助理放手，他们才能往前游去。

……

水真的是神奇的所在，当你掌握了水的特性，就算是你身有残疾，也可以在水里浮起来，并且游动。我看到，一旦到了水里，原本需要他人协助才能行动的他们顿时如鱼一般地自如地游动，哪怕是身体有残缺，他们也仍然能够调动自己身体的每一根神经，每一股力量，游，奋力地游。

真的很感动，几度湿了眼眶，几度要落泪。

比赛结束，散场离开的时候，我看到人群中有一个十一二岁的女孩子，她背着粉色的双肩包，两只袖管都是空的。她看上去和普通的女孩子没什么不一样，如果不看她空空的袖管的话。

还有一个十四五岁的少年，一直静静地坐在看台上观看。离开时，他拄着金属拐杖，有一只裤腿是空空的。

他们的表情都很平静淡然，他们看比赛，然后离开。我相信，在他们的心中，也许和我一样，有一种叫作信念的东西在滋长，这，也许就是这一场比赛真正的意义。

肆

藏着岁月，亦藏有珍珠

那件鸡飞狗跳的往事

有一天，在写一篇有关家庭教育的文章时，突然想起了我爸我妈。

好吧，我爸是个暴脾气，在我们家，什么事都是他说了算，而且基本上几十年如一日没有改过。

这一切建立在他真的很能干的基础之上。

年轻时除了长得帅之外，我爸是我们村里种地种得最好的，打鱼撒网撒得最漂亮的，还是我们村的第一代拖拉机手，这在当年的农村是很风光的。当时就因为他的能干，村里（当时还是大集体）才让他去开拖拉机。据我爸回忆，当时他在拖拉机厂取了车，听厂里的人讲了讲开车要领，示范了一遍。他在厂区停车场开了两圈，然后就直接开车从汉川回了天门。

陪同前往购车的村会计坐在车的拖斗里，一路上心都要跳出嗓子眼了，生怕出意外，还好，他们平安到家。

我要讲的往事跟他的风光没有关系，而和他的暴脾气有关。

那时我十岁左右，春天，家里养了春蚕。

当时，蚕大概刚过了二眠，还很小，养在一张圆形竹匾上，竹匾放在我的房间。那天，不知道是谁最后出门的时候没有关好房门，家里的鸡溜进去，把蚕吃了一大半。

我放学回来时，我们家的屋顶都快要被掀翻了。我爸在家里暴跳如雷，冲我妈大吼大叫。我妈说："这事又不能怪我，我也不是最后出门的人。"

我畏畏缩缩地走过去，看到那只剩三分之一蚕宝宝的圆匾，心里直呼糟糕，会不会是我忘了关门？

我爸很生气，我妈很委屈，我，还有我的两个弟弟很害怕。

我爸那天打了我妈两巴掌，我妈就哭着说："这日子不过了，我不活了！"

我和我弟一听这话，立马号啕大哭，觉得天都要塌了，然后跪在我妈面前，边哭边说："你不能死啊，你死了我们就没有妈妈了。"

那一刻，我爸被我们集体排斥在外，被视为暴君。

邻居们过来，有的人劝解，有的人看笑话。我看到小伙伴们看我的同情的眼光，觉得好羞愧，为爸妈，也为自己。

时隔三十多年再回想当时的一幕，觉得这真的是很小的一件事，不就是一匾蚕吗，犯得着闹成那样？

可是，我爸的暴脾气就让事情成了当时的那个样子。

是的，那一季蚕的收成事关家里柴米油盐的开支，而他作为一家之主，对这件事很上心。关于蚕的喂养，我爸比我妈懂得多。我对于蚕的了解也都是我爸教给我的。

我到现在都记得我爸用鸡毛轻轻地将那些蚁蚕扫到切成细丝的桑叶上时的神情，那么温柔。

可是，他对我们发火时，又是那么暴躁。

简直判若两人。

我现在完全可以理解他当时的心情，因为他对这件事是倾注了热情的，当然也就不能忍受自己心血白费的现实，于是，电闪雷鸣，鸡飞狗跳。

成年后，我在分析自己的性格养成时，曾经也对我爸我妈有过怨怼。他们俩是性格迥异的一对，我爸脾气暴、性子急，我妈看上去虽温顺但其实倔强固执。这样的两个人免不了吵吵闹闹，这件事只是一个缩影。

我能感受到他们对我和弟弟们的爱，我也觉得自己的童年是幸福的。但是，他们的吵闹仍然会让我心生恐惧与不安，这让我成为一个讨厌冲突，回避矛盾的人。我用退让掩饰自己的胆怯，用表面的平静掩饰内心的激越。所以多数时候在外人眼里我是温和的，但其实内心也有易燃易爆的一面，也有冲动不冷静的时候。

当我认识到这些的时候，我会对自己做一些调整和改变，这是一个漫长的过程，恰如蚕的一眠，二眠，三眠，四眠，五眠，直至结茧，直至破茧……

大概是五年前，我回家过春节，听爸妈说话时，我突然发现，我爸对我妈开始用了尊称——您。

在我们当地的方言里，它拉长为两个音，无法用音标标出来的两个音。

当时觉得有点儿意外，但更多的是喜悦。

就算老了，我爸仍然还是有他的暴脾气，但至少，他对我妈用上了尊称。

你的记忆里可有山水、田园、天籁

看 刘醒龙的《人是一种易碎品》。

当时在图书馆只是看了书名和作者就从架上拿下来，一本随笔集，可以随手翻，适合我的阅读习惯。

其中有一篇是写他何以在写作中迷上乡土题材的，他写了一个亲戚的故事。

这位亲戚天性爱自由，小学读了几年，就辍学回家放牛。遇到饥荒年，为了有一口饭吃，他又回了学校，无它，因为学校每天可以为学生提供一碗饭。

他又听说当年如果去考初中，考试当天还能多吃一碗米饭。

为了多吃一碗米饭，他在六年级只上了一半课的情况下，去找校长得到特许，参加小升初考试。

因为某种特殊情况，那次考试只考作文，而他平时比较关注时事，尤其爱看《参考消息》，所以发挥得特别好，顺利升入初中。

多年后，他是上海一家公司的总工程师。

他的命运转折，基于那个要多吃一碗米饭的需求。

后来，小学校长的亲戚要做肾移植，写信给他，他鼎力相助。

再后来，他遇车祸，全身一百多处骨折，肺出血形成气胸，竟然幸运地被曾当过军医的乡村医院医生稳准狠地扎了一刀，得以闯过起死回生的第一关。随后要做开颅手术，替他做手术的从医六十年的脑外科大夫说自己一辈子做如此程度的手术九十余例，只有他没有落下后遗症，堪称奇迹。

在这个生死攸关的临界点上，那位亲戚说他当时的脑海里全是在乡村生活的情景，在山坡上嬉戏，在田边追兔子，捡拾蘑菇，与同伴玩耍，非常清晰、生动。

对此他十分不解，在随后两年的康复期里，他查阅了大量资料，看到一位美国心理学家的研究成果，心理学家在经过对大量受到脑外伤后死而复生者的调查访谈后，得出结论：人在命若游丝时，记忆中的仙境都是山水、田园、天籁。活下来的人，绝大多数人的童年是在乡村度过的。在乡村度过愉快童年的人，往往有更顽强的生命力，生存能力强于从小在城里生活的人。

从小在农村长大的我真的很受鼓舞。

我曾多次对朋友表示，在农村长大的经历对我来说真的非常宝贵。有了乡村生活这一碗酒垫底，成年后走再远的路也不怕。

但是，年轻的时候，我曾为此而自卑。

十八岁，初到省城，班上那些城里长大的孩子明显地更自信，在人际交往上更大方、自如，而农村来的孩子多拘谨、笨拙。经济上也一样，城里的孩子花钱爽快，农村的孩子通常都很节俭。穿着打扮上，城市女孩儿和农村女孩儿差别很大。

几年前参加同学会，有一个河南的同学酒后吐真言：不怕你们笑话，我读书那会儿，连短裤都没的穿。

这才得知他的身世，读初中时他的父亲就去世了，母亲改嫁，他跟叔叔婶婶生活。叔叔说，你只有考上大学才有出路。然后给他定下一条规定，只要成绩不在班上前十，退学。在满足了最低限度的温饱之后，他发愤读书，毕业后回家乡，在当地的政府部门工作，过得很幸福。

他当年读书的动力，跟刘醒龙的亲戚其实也是差不多的——吃饱饭，活下去。

乡村曾经是如此贫瘠的所在，但是为什么走出去的人却又常常回望、怀念？

大概也是因为它是我们人生的基底，如果没有当年的苦，怎么会有现在的甜？

有一次出去玩，同车的伙伴讲她前不久刚刚去郊区看油菜花，说非常壮观，她都看呆了。

我就笑，那是我小时候身边最寻常的风景。

油菜花固然好看，但同一时节，最美的当属紫云英，一种学名叫苜蓿的植物，花开时远远望去，如霞似锦。我们常常摘一大把，束成一个花球拿在手里玩，当毽子踢。

现在在城里，四季都有花开，它们开在公园里，开在街道绿化带上，开在人家的院子里，都附着"请勿采摘"的标牌。

像我这样的乡里人，看到花啊朵啊，手就痒，就想摘，就是当年身边满谷满坑的紫云英、油菜花、桃花、石榴花、菊花给宠出来的啊。

乡村有一种神奇的疗愈功能。有一个少小离家曾游历世界的老乡说，他回家乡后，最喜欢做的一件事就是脱下鞋子，赤脚走路。他说在老家待几天，原来在城里腰酸背疼的各种不适就都好了。

但是，纵使乡村如此，如果真的要让我们再回去，也难。

好友曾说，偶尔回去住住可以，要让她真的长居，是不愿意的。

我也如此。

毕竟城市生活更方便，这里有统一的规划与设计，交通便利，功能齐全，有更为完善的社会组织结构与保障体系，有更多的社会公共资源优势，各种场馆、商场可以让我们看到精神文明、物质文明的集大成，看到人类瑰丽的创造力与想象力是怎样推动着科技的发展并为人类服务的。所以有那样的一句：城市让生活更美好。

当然，城市也有种种局限以及文明病，在此无须多说。

我想，幸福的人生，应该包括有选择的自由，以及可以随时切换生活场景的自由吧。

我用十几年的时间，完成了一个转折，从农村到城市。

又用十几年的时间，才真正地适应城市生活。在这个过程中，我不停地回望，了解自己，改变自己，逐渐接近我所向往的心灵上的自由。

现在，又到了我的孩子开始她的人生选择的时候。

人到中年渐空巢，与同龄的家长们聚在一起，谈到孩子的未来，很多话题都与出国相关。

孩子们出国，如同当年我们进城。

我支持孩子出国，我希望她有更开阔的眼界、心胸、视野。

但是，我也提醒孩子，无论是在国内，还是在国外，都要脚踏实地地生活，用心地生活。因为如果没有真正地理解生活，到哪里也不过是盲目地奔走。

我希望她能活在当下，接地气地生活，这也是为她将来的人生积聚资本。因为，任何的回忆都始于现在，在未来，它们可以无限次地播放，成为你内心世界的疗愈系电影。

就像现在，夜深人静的时候，一个人发呆的时候，最让我感觉到安宁和幸福的，还是童年所见的那些风景——

黑色树林间的乳白色炊烟，

夏夜的星空，

带着露水的青草，

在河堤上吃草的牛，

在篱笆间钻过的鸡群，

从远方而来，到远方而去的浩荡长风，

三月开犁时节泥土所散发的馥郁气息……

我庆幸，我曾接受过乡村生活的教育，我曾读过大自然这本无字的大书。

我希望我的孩子，纵然在城市长大，但也能为自己存下足够丰盛的童年记忆。虽然与乡村的回忆不一样，但也是同样美好的。

那些年，我们带着弟妹去上学

小长假第一天，跟好友娟一起，到欧阳那里小聚。

虽然跟欧阳一年前见过一次面，但没怎么聊天，此次再见，她的热情干练给我很深的印象。我们仨年龄相当，经历相似，聊起来话题不断。

母亲的天性就是言必聊孩子，聊着聊着，便感叹现在的独生子女跟我们这些在多子女家庭中长大的孩子的不同。

我知道娟有一个哥哥，再问欧阳家几个孩子，她说："三个。"

她排行老二，有个哥哥，还有一个妹妹。

"这个妹妹差点儿没有的。"她说。

"怎么呢?"我问。

她讲了那段往事——

"那时是七十年代初，已经开始实施计划生育政策了。我们家已有哥哥和我，儿女双全，再说爷爷奶奶都不在了，没有人帮着带小孩，而且还在搞大集体，家里经济也困难，所以母亲说不想要这个孩子。

"有一天母亲对我说：'我要去医院了，你在家里乖一点儿啊。'我也不知道是什么意思。过了一会儿，爸爸回来，问我，你妈妈呢。我说，妈妈去医院了。爸爸一听就知道是怎么回事，转身赶到医院去把妈妈拉了回来。

"所以妹妹算是捡回来的孩子。

"妹妹出生后，爸妈都欢喜，但是也发愁。如果一人出工一人在家还好，但有时候不得不同时出工干活，家里没人带孩子。

"怎么办？只有我和哥哥一起带着她去上学。

"那时候我哥哥上四年级，我刚上小学，自己都是孩子，好在两个人可以互相配合。当时我们三兄妹上学的情景是这样的：哥哥抱着我的小妹妹，拉着那辆我爸爸亲手做的拖车在前面走，我背着两个人的书包，腋下夹着一卷尿片子，跟在哥哥的后面走。别人一看就知道是欧阳家三兄妹来上学了。"

听到这儿，我忍不住举杯对欧阳说："来来来，我要敬你，为我们相同的经历。"

"我家也是三个孩子，我是老大，大弟比我小两岁，小弟比我小六岁。小弟出生时，我的奶奶已去世，也是没有人帮着带。碰到爸妈都得出去做事时，要么托村中的老人照看，要么让我带着弟弟去上学。

"上课的时候，小弟就坐在桌子底下自己玩，玩蚂蚁，玩路边上采摘的野果子。小弟很乖，长得又特别可爱，有的时候代课的女老师过来，看到他坐在桌子底下，还会逗他，给他糖吃。"

"你们班上只有你一个带小孩儿去的吗?"娟问。

"是的，好像只有我一个。有一天，我带他去学校，遇到一个爷爷辈的亲戚，笑眯眯地对我说，今天你不用带他上学了，我带他玩。

"我一开始还蛮忐忑的，好在那个爷爷种的地就在我们学校旁边。我看到爷爷把我弟弟放在耙田的耙子上，让他稳稳地坐着。他则站在耙子上，赶着前面拉耙的牛耙地。"

"哦，好有意思。"她俩笑着说。

"对不起，我插嘴了，你继续。"我对欧阳说，主要是我们的经历蛮相似的。

这时，欧阳特意给我们描绘了那个拖车。

"我的爸爸是一个手艺超好的木匠，这个拖车是他挖空心思设计并亲手打造的。全实木，可以折叠，打开后可以坐，也可以躺，躺下后还可以摇。下面还安了四个轮子，方便拖着走。"

"啊，我真的好想看到那件实物。你爸得多用心才能够做出这样的一件物品来啊。"

欧阳说:"是的，幸亏有那样的一个拖车。不然，真不知道怎么带妹妹去上学。"

"那时，我们学校也只有我们家是这样的，也是我爸妈到学校给老师说过了，才特许我们带着妹妹去上学的。有的时候，妹妹哭了，我哥就抱着她到外面晃一晃，等她不哭了再回教室，或者就站在教室的窗口外面听课，因为怕妹妹过会儿再哭。

"就算是这样，我们的成绩也是很好的。所以到了学期末，成绩不好的孩子会被自己的家长训斥说，你看人家欧阳家的，又带妹妹又上学的，成绩都比你好。

"后来，哥哥上初中，带妹妹的责任就落到我头上了。好在她也长大，会到处跑了，好带了一些。

"有一年的冬天，我们在上课，她和另外两个孩子在外面玩。我们学校旁边有个堰塘，有一个木头的跳板伸到塘中。三个孩子上了跳板去玩，都是半大不小的，不知道是谁拐了一下，我妹就掉到了塘里，幸亏身上穿的棉袄厚，她没有马上沉下去。

"也是冥冥之中有天意。那天学校食堂的炊事员正要点火做饭，可放到灶膛的柴火就是点不着。她一生气，就想，不如先去堰塘那儿淘了米再来生火。

"等她到了塘边，我妹妹已经漂出一米远了。炊事员一把把她捞了起来，然后把她送到了我的教室。谁都知道她是我妹嘛。

"我赶紧带着全身湿透的妹妹回家。天气那么冷，我其实可以不用再回学校，但想着还要去上学，于是我给妹妹换了干的衣服后又把她带到学校来了。

"等我妈妈回来，看到家里的湿衣服，心急火燎地跑到学校。看到我，二话不说就打了我一巴掌。我当时那个委屈啊，除了哭也不知道再说什么了。

"我妈打过后估计也是后悔了，但是，我们都没再就此说什么。总之那种滋味真的是难以言表。

"不过，也有好玩的事，到了夏天，学校要求学生都午睡，而且是带着强制性的。可是那个午睡确实不舒服，要么是趴着睡，要么是一个睡在课桌上，一个睡在自带的板凳拼成的狭长空间里。我因为带了妹妹，被老师批准不用午睡。有些不想午睡的同学就来找我，说：'今天我来帮你带妹妹，你去午睡吧。'"

娟在一边说："是是是，我们当年也是这样的。睁着眼睛睡不着，有的时候就瞪着眼睛看地上的蚂蚁拖虫子。"

这时，我举起杯来，笑着说："来来来，为这个共同的体会，我们得再干一杯。"

然后我讲了当年因午睡被同学用板凳打破头的事。

"那天，我是趴在桌子上午睡的，但是睡不着，就睁着眼睛看地上的蚂蚁。这时，班上的纪律委员过来了，他的职责是检查哪些人睡了，哪些人没睡。认真的他，居然弯下腰伸过头看我是否闭着眼睛睡着了。偏偏我是睁着眼的，结果两人四目相对。

"当时的情景很好笑，我就笑了，他也笑了。但是，笑过之后，这家伙身为纪律委员的责任感居然让他拿着小板凳把我的头打了一下，力度没有把握好，把我的头打破了。

"我一开始只是觉得痛，后来用手一摸，竟然有血，于是就哭了起来。唉，到现在头上还有一道伤疤呢。"

娟检视了我头上的伤疤后，笑着说："以后遇到他，你可以找他讨还血债。"

嗯，想来也是无缘，小学毕业后我们再也没有见面，不过我记得他事后为了表示对我的歉意，免费让我看了他收藏的两本小人书。

这家伙从小就有经营头脑，常常抱着一个装满了小人书的木头匣子到学校来，一分钱一本出租给大家。那个木头匣子在我眼中就是一个宝库，而我以头破血流的代价看了他两本小人书，折合两分钱。

这时，娟说："听你们讲这些，我也讲讲我小时候的事。

"我妈妈是老师，爸爸在另一个镇工作，我哥哥和我都跟着妈妈。妈妈在备课时还好，只要去上课，就把我们连伢（方言，小孩儿）带摇窝地抱到教室里去。她在前面讲课，我们在后面的摇窝里。耳畔是妈妈讲课的声音，但是看不到妈妈，只能看到头顶上的屋瓦，以及屋瓦间漏下的光柱子。

"最好笑的是，有一次我妈妈正在上课，躺在摇窝里的我哥突然尿尿了，尿线像水枪一样朝天射出来，又掉落了一些在他自己的脸上，他咯咯地笑了。后排的孩子看到了，也哄堂大笑起来。"

我们也笑了起来。

听娟讲到这一幕，我想起当年我们学校从镇上请的一个代课老师。听说她因生二胎违反了计划生育政策，被取消了公办教师资格，只有像我们这样的村办小学请她讲课，支付工资。

村里请了一个小姑娘帮她带孩子，她就欣然来了。毕竟是受过正规师范教育的公办教师，她的到来给学校的其他老师起到了很好的示范和促进作用。

但是，她毕竟还在哺乳期，她的孩子哭了，那小姑娘没辙，就抱着孩子到教室门口来探头探脑地看。老师此时讲课讲得正在兴头上，也只好停下来，让大家看课本，她到教室外面给孩子喂奶，一脸的尴尬。

在我的印象中，那个老师非常瘦，脸色苍白，分明是贫血，但是村里人看到会感叹说，人家城里人就是白净。

聊到这里，欧阳总结说："像我们的这些经历，现在的孩子们是无法体会的。"

"是的。"娟说，"不过，就算是那个时候我们也不觉得苦，现在回想起来，觉得其实还挺有意思的。"

"是的，是的。"我说，"我再给你们讲一件有意思的事。

"我们家那时喂了一头大母猪，食量超大，一天要吃好几顿。有的时候爸妈外出做事，中途没有办法赶回来喂，只好关照我，下午课间回来一趟，喂猪。

"下午第二节课后，你就会看到，一个小女孩儿在学校往家的路上飞奔，那就是我。

"我奔回家，用木桶去舀了潲水，拌上米糠和菜叶，拎着它再到猪圈那里。隔着栅栏要往猪食槽里倒是一个力气活，也是技术活，这时的猪已经饿得嗷嗷叫了，用头拱着栅栏和食槽。我必须瞄准空当，稳准狠地把猪食倒到食槽里，稍晚或者稍早，就会倒到猪的头上或者身上。

"等猪食一倒完，我顾不上擦身上的汗，就转身往学校跑。

"每到夏天我是打着赤脚的，于是就一路听着自己叭叭的脚步声，一声赶着一声，我要在上课铃声响之前回到学校。

"可是，往往还在路上跑着，铃声就响了……"
杯中的酒未尽，我们的聊天继续。

我们都在笑着，此时脸上的笑容，是孩子似的，但又略带沧桑。

恰似眼前杯中啤酒的滋味。

青菜与凳子碗

五一，去了小叔叔家。

婶婶做了一大桌子菜，全是肉，主菜是油焖小龙虾，另外卤了牛肉、鹌鹑、鸡翅，炖了鸡汤，还有鳝鱼做的三鲜汤……

我们吃得很香，不过，都觉得少一点儿青菜。

也不是一点儿都没有，芹菜秆子肉丝、竹笋肉丝……

这就是婶婶的做菜风格，到她家吃饭，桌上全是大菜。

堂妹们边吃边挑刺儿："妈，你怎么不炒两个青菜呢？"

婶婶说："青菜你们小时候老吃，没吃够啊？"

一边又起身去炒了一盘小白菜上来。

果然，一抢而空。

"物以稀为贵啊。"我说，"吃多了油腻，才想要清淡。"

婶婶的母亲说："我一辈子吃青菜，就是没有吃够，还是喜欢吃点儿青菜。"

七十多岁的老人家，牙齿掉得差不多了，但是人挺精神。一生操劳能干，老了也没闲着，孙子孙女都是她带着长大的。

"我妈也是这样的，喜欢吃青菜。"我接过老人家的话说，"我前天刚回了一趟老家看他们，到家时，正是他们吃饭的时候。我看电饭煲里煮的粥中放了莴苣叶，我是不喜欢吃的，但是我妈妈说喜欢，她说很香。"

"莴苣叶煮在粥里是很香啊。"老人家说，"我也喜欢吃。"

我就笑。

老人家比我的妈妈大七八岁，她们属于同一个年代的人。

"我不行。"我说，"我一吃菜粥就想起小时候我妈煮的那些菜粥，红薯粥，南瓜粥，小白菜粥，真的好寡淡，我不喜欢。"

"那时候几（方言，很）遭孽哦。"老人家说，"有菜粥吃算是好的。我们那一辈的人，最苦的时候连榨过油的棉籽饼、豆饼都吃过，那东西是喂牛的，或者是下到田里做肥料的，人饿急了还不是照样吃。还有吃土的，吃树皮的，吃野菜的……"

这是那个年代的人才会有的集体记忆。

在我，其实也就吃了那么几次菜粥，但也有资格在堂妹们面前忆苦思甜了。她们比我小十几岁，对菜粥没什么记忆。

"你不知道以前的日子几难。"老人家说，"我们家三个伢，算是好过的。我们湾子里有一户人家，他们家八个伢，那才真的是难。"

"八个?!"

"不说他们吃什么，我只告诉你啊，他们到了吃饭的时候是怎么吃的。"老人家说。

"怎么吃?"

"他们的父亲把家里的一条长板凳拿出来，在上面挖了八个窝窝。到了吃饭的时候，把饭菜都打到窝窝里，八个孩子就挤到凳子边上来，一个人端一个小板凳坐在那里吃。"

"这不跟给小猪喂食一样吗?"

"就是啊。"

"大的孩子不愿意，要拿碗盛饭吃。不行，家里没有那么多的碗。就算是有，也不让，为什么?怕把碗摔破了。那时候一个碗都是一份家当啊，要是磕破了，只要能补都会补起来用的。"

"补碗？"堂妹们不相信。

我是见过补过的碗的，在裂缝两边的瓷片上钻孔，然后用麻绳给缝缀起来，继续用。

那时候有补锅补碗的手艺人，到了农闲时节就挑着自己谋生的担子，走村串户，给人家补锅补碗。

现在，这是业已消失的手艺，世上再无补锅匠。

"用这个凳子碗吃饭，一来不用担心伢们把碗摔破了，二来也好管他们。你想一想，八个伢，正在长身体，又好动，没事满湾子跑，把他们喊到一起吃饭都难。用这凳子碗吃饭，你不快点儿赶过来吃，就要小心早些吃完的把你的这一份也给吃了。所以有了这个凳子碗，大人们省得去喊这个那个的，到开饭的时候，一个窝里打一点儿，伢们赶紧吃，吃完了两个伢把板凳一抬，抬到河边，涮一涮再扛回来就可以了。"

我笑，这倒是集粗放式喂养与军事化管理为一体的智慧呢。

"人家那些伢们长大后都有出息，都混得蛮好，他们家的那个板凳还在，说是家里的传家宝，要一直留着呢。"老人家笑着说。

我也笑，说："那是要留着。咬过菜根的人，更懂知足、感恩。"

心中想，要是有机会能亲眼看到这个凳子碗就好了。

今天就讲这个故事。

没什么道理。

只愿你心情好。

另外，如果有机会，多跟你身边的老人家聊聊天吧，因为你永远无法预测，他们会给你讲一个什么样的故事。

在他们的皱纹中，藏着岁月，亦藏有珍珠。

曾为躬耕田亩者

自从坚持写公众号后，就有人问我："绿茶，你怎么每天都有可写的啊？"

这确实是一个问题，因为，真的要做到每日更新并不容易，我也常常发愁今天写什么呢。

好在，生活会时时给我灵感。

比如今天，我没有想好要写什么，就先看看网络新闻，一个标题吸引了我，"学生请假 20 天称'回家栽秧'，老师：准假但得拍视频"。

点开一看，说是某高校学生向老师请假，理由是，家在农村，每年四五月要打菜籽、栽秧，自己属于家里的青壮年劳力，这时必须回家，不然家里的农活赶不完。

老师在教师交流群发出这个请假条，然后商量：准不准假？万一学生是回家去玩，怎么办？

一个老师说："肯定要同意，不过，这 20 天必须将每天干农活的情况拍成小视频，返校时完成一千字的职业素养报告，否则按照学籍管理规定处理。"

这老师思维缜密，且不忘要求学生将实践提升为理论，赞！

新闻上说，事后该校官方微博称，请假条是物业管理专业的大一学生在网上看到这个段子后，觉得是个不错的请假理由，于是发到班级群里，让大家乐一乐，然后又被转发到了教师交流群。

原来，仅仅是一个段子，仅仅是乐一乐而已。

我想起了我读书的时候，小学到初中，每个学期都有农忙假。此时老师是不会布置作业的，因为没时间做。我回到家，书包一扔，帽子一戴，跟着父母下农田干活去。

乡村四月闲人少，才了蚕桑又插田。

插田，就是插秧。虽然从小也受父母宠爱，但接触农活也没有比同龄的小伙伴晚几天。插秧时节，就算父母不要求，自尊心也会让我来到田边，挽起裤脚，下到田里——在我们那里，一个女孩子如果不会插秧，唯一的理由是她手脚有疾丧失了劳动能力。

我到现在都记得插早谷秧的时候，如果遇上倒春寒，下到水田里还有些冷，若是遇到下雨天气，更甚。

田里的蚂蟥是会巴到腿肚上吸血的。

空气中飘荡着一种"馥郁"的气息，因为在前一天耙地时往田里施了农家肥。

收割、锄草、施肥都是往前走的，唯有插秧是退着完成的。

栽两行，退一步，这一路都是弯着腰，低着头，双手不停地劳作，希望这一垄秧苗早一点儿栽完，好来到田埂上，休息休息，然后再重新下田。

眼前绿色渐满，看秧苗的叶片在风中舞动，似乎都已经扎根，心里便有喜悦。

江汉平原最忙碌、最喧嚣的时节是双抢时节。一方面是早稻要收割，同时也要抢着将晚稻种下去。农活太多，一个人恨不得分身成几个人，家里人，只要能下地的都要下地。大清早出门，天黑才回家，一身泥一身汗，然后睡得香甜无比。

到了十月，忙秋收。棉花要摘，黄豆要割，芝麻要打。我记得读高中时十一放假，回家就拿起连枷去打黄豆或者是豌豆。连枷是一种神奇的农具，使用它让我感觉自己长了一只好长好长的手。

好友静思当年在武汉一家医院上班，她将自己一年的休假都集中到这个时节。每次一放假就坐长途汽车回家，进了家门，放下行李，立刻换上一身做农活的衣服，戴上草帽，套上袖笼，到田里去帮着妈妈摘棉花。

她的女同事也想在这个时候休假，没得到批准。女同事不服，就问主管："为什么静思可以这个时候休假，我不可以？"

主管说："她哪里是休假，她是农忙时节回家帮父母做农活。你要是也家在农村，也要回家帮忙，我也同意啊。"

城里长大的女同事就不再言语了。

因为相同的成长背景和经历，我和静思成了无话不谈的闺蜜。有的时候我们会感叹，出身于农村，其实也是命运的加持，让我们更懂事，更能干，更独立，也不怕吃苦。

那时候，手上打起泡，被镰刀割伤，被棉花壳划破皮，是家常便饭。

在记忆中我有两次中暑。一次是在田里插秧的时候，突然眼前发黑，眼冒金星。我告诉母亲我不舒服，她让我赶紧回家休息。我躺在床上，还在为自己的脆弱懊恼，然后发现，是生理期到了。

在农村，女人在生理期一样要干重体力活，我休息了一下，下午接着下田插秧去。

还有一次是在收割稻谷的时候，眼前发晕发黑冒金星，赶紧到田边的树荫下休息，喝点儿糖茶水，吹吹风，等眩晕感过去。

当时我的小弟还很小，也就四五岁的样子，他不能下地，也不能把他一个人放在家里，所以，我们大人在田里干活，他就在田边玩。我因为中暑而休息时，看到不远处的田埂上，小弟一个人玩得好专注。他把一个斗笠背在背上，左手作势拿着什么东西在前面扫来扫去，右手在腰边一上一下地按压。

他这是在干吗？我琢磨了好一会儿，恍然大悟——哦，他是在模仿大人打农药，背后的斗笠是药水箱，左手握的是长长的喷杆，右手一下一下地是在按摇杆。

他那认真的小模样，双手配合到位，真的模仿得惟妙惟肖。父亲去田里打药，有时会带着他，他把这一套动作看在眼里，记在心里了。

我笑了起来，没有打扰他，而是悄悄地去告诉在田里劳作的父母和大弟，他们看着在田埂上玩得正开心的小弟，也笑了。

好吧，我的中暑症状就此消退，接着下田干活去了。

其实，现在，农人也都闲散了，种两季稻的很少。就算是种一季稻，也不像当年那样经历育秧、扯秧、栽秧这样的过程，而是直接将稻种撒到田里，称为撒秧，这省了好多事。到了收割时，也是请收割机直接开到田里去，不再像以前那样，拿着镰刀，一垄一垄地割。

"现在种田比以前舒服多了。"我母亲说。

但还是累的，尤其是农忙时节。

现在农村空心化，外出打工者多。真正种田的青壮年少，土地通过流转集中到他们手上，到了农忙的时候，都是请短工来帮忙，或者是互相换工。

至于我自己，不事稼穑三十年，有的时候会想，如果再把我扔到农村，我还能靠自己的劳动养活自己吗？

我认真地思考了一下，我觉得，可以。

我缺的，只是那一亩三分地。

人过四十，检视过往人生，我觉得我的生活哲学来自田野。记得有一次家里刚割了谷，铺在田里晒，等晒得蔫了再打捆挑回家。突然下了一场暴雨，本来已蔫了的谷草又湿又重，换了一般人一定会怨天尤人、愁眉苦脸，但父亲笑着说："怕什么，天打湿的，天收干。"

这句话我一直记得。

我来自田野，在那里，我看到了万物的生长，体验过培育、播种、浇灌、收获的每一个环节。它让我相信万物有灵，天道有常，让我对生活有一种笃定。

我想，我信仰的，是自然与宇宙，还有生命本身。

万古洪荒，沧海桑田，物换星移。我在这一切面前虔敬无比，俯首称臣，做一个脚踏实地的躬耕田亩者。

刀与磨刀石相依存，
我与岁月亦如是

"**磨**剪子来——戗菜刀！"

一个低沉苍老的声音从楼下传来，前半句悠长，后半句戛然而止，很有戏剧性。这声音由远及近，由近及远。

他在这个小区大概很难揽到一笔生意。

至少，我是不需要了。

几年前，我曾经也找这样的磨刀师傅磨过刀，当时听到楼下有这样的吆喝声，便飞奔下楼，因为家里的菜刀真的很钝很钝了，而师傅磨过的刀真的很好用。

工欲善其事，必先利其器。古人说的就是颠扑不破的真理啊。

那时候，我还不知道其实自己也是可以有一块磨刀石放在家里的。直到有一天，我在收拾人家退租后的房子，发现厨房有一块长方形的石头，铁青色，上面有久经磨砺后的抽象画痕，拿起来沉甸甸的，便知这是一块磨刀石。

拿回家，把自家的菜刀在上面磨了一下，果然好用很多。

从此，它就成了我的专用磨刀石，每每要切肉的时候，就拿出来磨几下，刀便变得足够锋利。

原本需要假手他人的事，现在这么便利地解决了。

想起好友阿布和娟，她们俩关于刀的故事。

先说阿布。她是我们杂志的美编，同时也是一位厨艺达人，她做的水煮鱼片、杨枝甘露、煎饼，令我回味至今。

那天在她家的厨房，一边看她和面，抻面饼，一边打量她家的厨房，发现刀架上至少有四把刀。

"你家怎么这么多刀？"我有些好奇，我是一把菜刀打天下的。

她笑着说："在我们家，我妈，我，我先生，每个人都用自己专用的刀，自然刀就多了啊。"

"哦，"我有些错愕，"为什么？"

她说："我妈习惯用钝一点儿的刀，我的手小，喜欢用小一点儿的刀，我先生喜欢用十分锋利的刀。"

哦，看来同样是切菜刀，每个人的诉求不一样，追求的体验也不一样。

"你知道的，我先生是外科医生，而且是骨科的，职业习惯嘛，就是十分在乎工具的精良。他第一次到我们家，想在未来丈母娘面前图图表现，就下厨帮着切菜，后来他悄悄告诉我，'你们家的刀太钝了，砍柴都嫌钝'。然后，他一声不响地把我们家的刀带到医院，用专业的磨具磨好了，再送回来。"

"哇，好女婿！"

"然后，你猜发生什么了？"

"什么？"

"我妈用惯了钝的刀，她并不知道这刀磨过了，用以往的习惯用刀，结果，一不小心，把自己的手指给切着了。"

我笑了，未来女婿本想讨丈母娘的欢心，没想到好心做了坏事。

"所以，现在，我妈仍然用她惯用的钝刀。我先生呢，用他自己专用的刀，那是隔三岔五地要磨一下的。我嘛，刀的锋利度在他们的二者之间，我更看重刀的大小。"

我明白了，每个人都有自己的器物之好，对刀也如此。

再讲一讲娟家里的刀。

娟是事业型女子，她做的卤菜很好吃，不过，她对厨艺的热情不及我和阿布这般高。

某次闲聊中，她讲了她家刀的故事。

阿布到娟的家里玩，用她家的刀切菜，然后说："娟姐，你家的刀这么钝，要磨啊。"

"啊，刀还要磨啊？"娟很惊讶，说，"我以为一把刀用钝了就像抹布用脏了就换一样呢。"然后，她拉开橱柜抽屉对阿布说，"你看，这里就好几把换下来的刀。"

阿布笑了，说："你把这些刀给我，我让我先生帮你磨一下，保证还可以用十年。不过，刚磨好的刀要小心点儿用。"

然后，她把那些钝刀带走了。

第二天下午，娟的女儿到阿布家去，把已经磨好的刀再拎回来。

娟对我说："你想一想那情景，一个弱小的女孩儿拎着装了几把磨得锋利的菜刀的袋子走在路上，是不是有侠女之风，而且含而不露？"

我对她说："你到网上买块磨刀石吧，以后就不需要假人家大医生之手了。"

"是吗？在网上还可以买到磨刀石？那我赶紧去买。"她说。

随后，她也拥有了自己的专属磨刀石。

我不是为磨刀石打广告，私心里，我倒还希望拥有磨刀石的人少一点儿，让眼前这样走街串巷给人磨剪子戗刀的老师傅还有活路。

可是，现实就是，终有一天，这个行业终将消失。

因为，终有一天，每个下厨的人都将拥有自己的磨刀石。

写到这里，我想起了小时候，每年收割谷子前，父亲会天不亮就起床，然后听到他在门口磨镰刀，将弯弯的刀口磨得雪白瓦亮。

想起我的大弟，身为厨师的他用过无数把刀，他告诉我，好的菜刀，就看它的刃口是否用了好钢。我参加工作独立生活后所用的第一把刀，是他送我的。

我现在所用的刀，是二十年前，我在做那套《白话全译二十四史》时合作的长航印刷厂在年终答谢时送的礼物。这么多年过去了，那一套配有木质刀架的刀具，除了剪刀用坏被我扔了，其余的都还在，都还好用。

写完这篇文章，我要去好好地清洗护理一下它们，感谢它们与我这么多年的陪伴。

当然，还想起了某天和女儿在逛街，看到一家专门卖德国顶级厨具的专柜，大大小小、长长短短、分工精细的刀排列得整整齐齐，散发着高冷凛冽的光。

女儿说："将来，我自己家的厨房里就要用这样的刀。"

愿她梦想成真。